追憶の日々

妻の死と
娘と孫たちとの物語

秋山正幸
AKIYAMA Masayuki

図書新聞

追憶の日々

秋山正幸

妻の死と
娘と孫たちとの物語

一

高村明夫は市街地から二キロ離れた小高い丘の上に住んでいた。家の二階から江の島や境川を見下ろすことができて、自然環境に恵まれていた。しかし、交通の不便な場所なので、後期高齢者の明夫と妻の佐知子はデパートで買い物をする時には、バスやタクシーを利用していた。

日常生活において、佐知子は健啖《けんたん》ぶりを発揮していたが、十日ほど前から食欲が衰えてきた。

最近、佐知子の認知機能がかなり衰えてきたため、明夫は早起きして朝食の支度をすることにした。

三月上旬、明夫は佐知子の前のテーブルに朝食の料理を並べた。卵焼き、ホウレン草のお浸し、それにトマトやキュウリなどの生野菜とミカンなどである。

彼女は御飯を茶碗に盛ってほんの一口食べて、

「ありがとう。時間をかけてゆっくり食べるからね」

と言ってから、椅子に寄り掛かって眠り始めた。

しばらくしてから明夫は彼女に声を掛けた。彼女は目を覚まし、

「体の具合が悪いわけではないから心配しないでね。後で食べるわ」

と言って仮眠を続けた。


夕方、チャイムを鳴らし、三女の美春が夕食の総菜を持って居間に入ってきた。

「あら、美春ちゃん、いらっしゃい。待っていたわよ」

佐知子は喜悦の表情を浮かべた。

「お母さん、おいしいおかずを持ってきたから食べてね。それからね、家の

中に座ったままでいると食が進まないから、家の周りを歩いたほうがいいわ」

美春は元気な声で言った。

「分かったわ。そうね、散歩しましょう」

佐知子は笑みを浮かべた。

「じゃね、雄太が待っているから、帰るわね。お父さんもたくさん食べてね」

そう言って美春は帰って行った。

雄太は美春の息子で、小学六年生である。四月から湘陽学園中学校に入学することになっている。美春は雄太の制服やその他の諸準備に大わらわであった。

明夫はテーブルの上に総菜を並べ、佐知子の茶わんに御飯をよそって、

「さあ、食べようね」

と言った。

「いただきます」

そう言って、佐知子は総菜を半分くらい食べたが、御飯には箸を付けなかっ

た。

一週間前の日曜日、近所の親しい奥さんが京都の土産、八つ橋を持って訪ねてきた時には元気だったが、その後、寒い日が続いたので、佐知子は体調を崩してしまったのかもしれない。彼女は「疲れた、疲れた」と言って、夜の七時には床に就くようになった。早寝早起きの習慣はよいのだが、急に彼女の食欲がなくなってきたので、明夫はひどく心を痛めていた。彼は一年前に亡くなった元職場の友人、谷川正三の話を思い浮かべていた。谷川とは辛苦を共にした仲だった。谷川は大学で言語学を学んだ秀才で、明るい性格で、テニスで体を鍛え、健康に恵まれていた。しかし、寄る年波には勝てず、九十歳の冬、体力がなくなり、食べることができなくなり、げっそりやせ衰えて死亡したのだった。医師は老衰という診断を下したのである。明夫は谷川の奥さんが涙ながらに語ったその話を思いだし、急に佐知子の食欲不振の状態が心配になり、かかりつけの下村医師に往診してもらったほうがよいと思った。その日は休診日だったが、どうにか下村医師に連絡をとり、翌日、往診してもらうことになった。

午後五時、チャイムが鳴り、下村医師が黒い革かばんを小脇に抱えて現れた。明夫は佐知子が素直に診察を受けるかどうか心配しながら、下村医師を応接室に迎え入れた。明夫は、佐知子が、

「私は体の具合が悪いわけではないから、お医者さんを呼ばないでね」

とはっきりした口調で言ったことを思い出していたのだった。

しかし、明夫は、佐知子が食欲不振のために食が細くなり、体重が数キロ減ってしまったこと、そしてくたびれたと言って、寝てばかりいるので心配になり、下村医師に往診を頼んだのだった。明夫がその旨を下村医師に伝えると、

「よく分かりました。奥さんは隣の部屋にいるんですか。そちらへ行きましょうか」

と言った。

「はい、娘と一緒にテレビで相撲を観ています。呼んできましょう」

明夫はそう言って、佐知子と美春を応接室に呼び寄せた。

佐知子はこわばった表情を浮かべて現れ、

「いつも、主人がお世話になり、ありがとうございます」

と丁重に挨拶し、美春と一緒にソファーに座った。

その後、佐知子は素直に下村医師の診察を受けた。明夫は先生の耳元に近づき、

「老衰の状態でしょうか」

とそっと尋ねた。

「いいえ、高齢のため疲れやすくなっているのです。水分をとり、自分の好きなものを食べるようにして下さい。カロリーの高い飲食物がいいですね。それからね、疲労の原因を突き止めるために血液検査をしたほうがよいと思いま

すので、後日、都合をつけて診察に来て下さい」

下村医師は穏やかな口調で言った。

「分かりました。本日はご多忙のところ本当にありがとうございました」

明夫はそう言って、佐知子と一緒に丁寧にお辞儀をした。

翌朝、明夫は食事の準備をしたが、佐知子はジュースを飲み、バナナを食べただけで、主要な料理には手を付けず、

「丹精をこめた料理ありがとう。昼と夜に食べるからね。このままここに置いといてね。ああ、くたびれたわ。しばらく休むことにするわ」

と言って、目を閉じていた。

その時、明夫は一カ月前の佐知子の元気な姿を思い出した。彼女は朝の六時に起きて、居間の雨戸を開けてから、竹ぼうきを持って道路を掃除し、歩いて数分のところに住んでいる美春の息子、雄太の登校する姿を見送ってから、

「雄ちゃん、元気で出掛けて行ったわ」

と言って、家に戻って来たのだった。

明夫はその時までに食事の準備をすることにしたのだ。明夫は、佐知子が笑顔を浮かべて、居間に戻って来てから、食事を共にしたのだった。

「あなたはトマトの皮をむくのがお上手ね。キュウリも食べやすく薄く切ってあるわ。おいしい。とてもおいしいわ」

と佐知子は言って目の前の料理を平らげたのだった。

明夫はファストフードの店で、佐知子がハンバーガーとフレンチフライポテトをおいしそうに食べていた日々を思い出した。彼は買い物に行くと言って、タクシーを呼んだ。

「何を買うの?」

「それは後のお楽しみ」

明夫は笑顔を浮かべた。

彼はタクシーに乗り込み、顔見知りのドライバーに、

「駅までお願いします」

と言った。ドライバーは器用に運転して、曲がりくねった坂道を下って行った。

明夫は駅前で車を降りた。昨日の大雨がうそのように晴れ上がっていた。

明夫は急いでファストフードの店に行き、ハンバーガーとフレンチフライポテトとオレンジジュースを買うことにした。若い女性の店員が明夫の顔を見詰めて、

「お持ち帰りになりますか」

と尋ねた。

「そうして下さい」

と明夫は言ってから、佐知子がにこやかな表情を見せて、オレンジジュースを飲み、ハンバーガーを食べる姿を想像し、気が晴れてくるのだった。

明夫は居間に入り、「ただいま」と言って、佐知子の前に座った。

「お帰り。時間通りに帰ってきたわね」

佐知子は喜びの色を見せた。

明夫は「十二時半に帰宅」と書いた紙片をテーブルの上に貼っておいたのだった。

「さあ、昼食の時間ですよ」

と明夫は言って、テーブルの上にハンバーガーとフレンチフライポテトとオレンジジュース入りの紙コップを並べた。

「あら、おいしそう。ありがたく頂くからね」

佐知子は紙コップにストローを差して、オレンジジュースを飲み、フレンチフライポテトを食べ始めた。

「あなたは食べないの?」

と佐知子は言って、上機嫌になった。

「今から一緒に食べるよ」

明夫はハンバーガーを食べ始めて、

「ハンバーガーを先に食べましょうよ」

と佐知子に言った。

「ありがとう。後でゆっくり食べるからね」

と佐知子は言って、フレンチフライポテトを時間をかけて食べた。結局、彼女は夕食の時にもハンバーガーを食べることはなかったのである。明夫は、主治医から食が進まない場合は好きな物を先に食べるよう勧めなさいと言われていたので、その時には明夫はハンバーガーを無理強いしなかったのである。

次の日の昼食の時間には、まずオレンジジュースとハンバーガーをテーブルの上に並べ、フレンチフライポテトは紙袋の中に入れておいたのである。なんとしても栄養価の高いハンバーガーを食べてもらいたかったからである。佐知子はハンバーガーを手に取って、一口食べたのだが、

「あら、今日はフレンチフライポテトはないの？」

と尋ねた。

「ごめん、ごめん」

と明夫は言って、紙袋の中からフレンチフライポテトを取り出し、テーブルの上に並べた。彼女はにっこり笑って、自分の好物をおいしそうに食べ始めたのだった。

翌日、佐知子は午前八時頃に起床し、娘の美春が持参した栄養のある流動食とイチゴを少し食べてから、居間の椅子に座って、「疲れた、疲れた」と独り言をつぶやいてから、仮眠していたが、座っているのも辛そうな表情を浮かべて、椅子を下り、しばらく椅子に寄り掛かっていた。やがて、床《ゆか》の上に横たわり、額にしわを寄せて眠り込んでしまったのである。明夫は彼女をそのままにしておくと風邪を引くと思い、下に布団を敷き、上に毛布を掛けた。

その夜、エアコンで部屋を暖め、佐知子はそこに寝ることになったのである。

翌日、午前十一時頃、明夫は佐知子と美春を伴って昼食会に出掛けることにした。明夫の主たる目的は、途中、下村内科医院に立ち寄り、初めに自分が診察を受け、その後、主治医に頼んで佐知子の血液検査をしてもらおうと思ったのである。

「案ずるより産むが易《やす》い」の言葉通り、佐知子は主治医の提案を素直に受け入れ、血液の検査に応じたのである。

下村医師は、

「一週間後に血液検査の結果をお知らせします」

と言って、佐知子に優しい眼差しを向けた。

その後、一行は行きつけのレストランに入った。

美春はカツ定食、佐知子は娘に倣ってカツ定食、明夫はタラ定食を注文した。

美春は、雄太が次の土曜日に友だちと一緒に『ドラえもん』の映画を観に行く話などをしていた。数分後、テーブルの上に注文した料理が並べられた。明夫は、食欲のない佐知子がカツ定食を食べることができるかどうか心配だった。

案の定、佐知子は半分も食べないで、

「ねえ、これ食べてちょうだい」

と言い出した。明夫は、

「では、私のタラ定食と交換しよう」

と言った。

「そうします」

佐知子はにこやかに微笑んで、タラ定食をほとんど残さず食べたのである。

一週間後、明夫は美春と一緒に下村内科医院を訪れた。主治医は生化学検査報告書と甲状腺機能報告書を取り出して、

「甲状腺機能については特に異常は見られませんが、圧迫骨折または悪性腫瘍の疑いがあります。総合病院を紹介しますから、そこで精密検査をしてもらって下さい。紹介状を書いて、明日、お宅に届けます」

と丁寧な口調で言った。

「何から何までお世話になり、ありがとうございます」

明夫はそう言って帰宅し、美春と相談し、土曜の午前十一時に純正会病院を訪れることにした。その日には、美春の夫の利宏と孫の雄太も同行することになった。

一同が利宏の車に乗ってから、佐知子は、

「どこで昼食を取るの?」

と尋ねた。

「間もなくレストランに到着します。みんなで楽しく食べましょうね」

美春が言った。

車は大きなビルの前で停まった。

「お母さん、この車の中で待っていてね」

と美春は言って、車のドアを開け、利宏と一緒に急いで下車し、駆け足で純正会病院の受付まで行き、車椅子を押して戻ってきて、

「さあ、お母さん、この椅子に座って下さい」

と言って、佐知子の腕を抱えようとした。しかし、佐知子は「断るわ」と言って、立ち上がろうとしなかった。

「これからレストランに行きましょうよ」

美春は執拗に佐知子を誘ったが、佐知子は、

「ここはレストランではありませんよ。バス停の標識に純正会病院と書いてあるわ」

と言って、車から降りようとしなかった。美春がビルの中のレストランに行くことになっていると説得したが、佐知子は、

「ここは隣の町の病院でしょう。私は地元のお医者さんの診察を受けます」

とはっきりした態度で自分の意見を述べた。

若い看護師が近づいてきて、診察の内容について丁寧に説明したが、佐知子は頑強に抵抗し、車から降りようとしなかった。

帰途、佐知子は、
「近くの回転寿司の店に行こうよ」
と提案したが、一行は当初の目的を達成することができず、がっくりと肩を落として帰宅したのだった。

明夫は居間のソファーに身をうずめながら、本日の計画がどうして不首尾に終わったのかよく考えてみた。

一行が純正会病院に到着した時に、足腰が弱っている佐知子のために美春と利宏が車椅子を用意したのだが、この配慮が裏目に出てしまったのだろうと思った。つい最近まで坂を上ったり下ったりして、スーパーに買い物に出掛けていた佐知子の体面を傷つけてしまったのかもしれないのだ。そう言えば、つい最近、在宅ケアベッドと車椅子を借り受けたが一向に使おうとはしないのだ。

明夫は一刻も早く、佐知子の食欲不振と体調不良の原因を突き止めたいと思った。そこで、方針を変更し、明夫は下村内科医院の主治医の紹介状を持って佐知子と一緒に地元の市民病院を訪ねようと思った。いよいよ正念場を迎えることになると思い、明夫は三女の美春と雄太のほかに次女の和美に応援を頼み、水曜日の午前十時三十分に市民病院に向かう手はずを整えた。

朝から雨が降り、寒い日だった。東京の板橋に住んでいる和美は午前九時半に到着した。一同は居間で紅茶を飲んでしばしくつろいだ。明夫は佐知子に向かって、

「これからお医者さんの診察を受けにまいりましょう。その後でみんなで食事をする予定だ」

とはっきり言った。

「分かったわ」

佐知子は賛成した。

一同は身なりを整えて、玄関を出ようとした。その時に、佐知子は、

「あら、雨が降っているわ。おおっ、寒い、寒い！　私は行きたくありませ

ん」

と言って、身震いしながら玄関の上がり口のところに座り込んでしまった。

「せっかく、和美さんが休暇を取って、朝早く板橋から来てくれたのに！病院で診察を受けてから、久しぶりにみんなで一緒に食事をしましょうよ」

明夫は言った。

「行きません。こんな寒い日に」

佐知子は腰を上げなかった。

明夫は歯がゆい思いをして、

「さあ、出掛けましょう」

と佐知子を誘った。しかし、返事がなかった。

「悪天候でタイミングが悪かったわ。諦めましょう」

美春は皆に目配せして部屋の中に入った。明夫は佐知子の病気の原因を突き止めようとしていたので、その計画の中止を残念に思った。

その後、佐知子は体が疲れたとぶつぶつ呟き、寝たり起きたりしていた。

午前十一時半、和美は近くのスーパーで買い物をして戻ってきた。

和美は居間のソファーに座っている佐知子に、

「さあ、お母さん。昼食の時間ですよ」

と言って、テーブルの上にいなり寿司とのり巻き弁当、それにバナナを並べた。

「あら、うれしいわ。頂くからね」

佐知子は笑みを浮かべて、のり巻き一個とバナナを半分ほど食べ、麦茶を飲んで、ソファーに横になってしまった。その後、うつろな目を天井に向け、口を利《き》くのもおっくうな様子だった。

午後、和美はてきぱきと掃除と洗濯などの仕事を済ませてから、明夫の横の椅子に座り、

「お母さんはずっと体調を崩していますね。出来るだけ早く市民病院で精密

検査を受けたほうがいいわね」

と小声でそっと耳打ちした。

「私もそう思っているところだ」

「次の土曜日に市民病院に行きましょうよ」

「うーむ。美春とよく相談して、また電話するよ。次は必ず佐知子を病院に連れて行きたいと思っている」

明夫は思いつめた表情を浮かべた。

「そうしましょう」

和美はきっぱりと言った。

夕食前に、和美は板橋に戻った。

その後、佐知子は栄養飲料、麦茶、それに水などはどうにか飲むのだが、野菜、果物、穀物などは食べられなくなり、顔色が青白くなってきたように思われた。

夕方、美春が総菜を持って居間に入ってきた。佐知子は惣菜に手を付けず、豆乳飲料を飲み、腰が痛いと言って仮眠を続けた。帰り際に、美春は明夫の隣に座り、

「お母さんは早く市民病院で診察を受けたほうがいいわ。私の夫もそう言っているわ。今、すぐに救急車を呼びましょうか」

「そうだね、私も非常手段に訴えたほうがいいと思う。だが、各種の精密検査を受ける場合には時間を要する。明朝の八時に救急車を呼ぶことにしよう。その時間にここに来てくれ。いいだろう」

「分かったわ。身支度を整えてここに来るわ」

「ありがとう。今夜は早く寝なさい」

「そうするわ。お父さん、医療被保険者証や下村内科医院の紹介状など関係書類を持っていくのよ」

「うん、今夜、準備しておく。それからね、入院に必要な下着などを用意し

てくれるとありがたい」

「衣類のことは私に任せてね」

「ありがとう。では、明朝、ここで待っているからね」

明夫がそう言うと、美春は悲壮な顔色を浮かべて帰って行った。

明くる日、明夫は救急車を呼んだ。午前八時三十分、救急車が到着し、救急隊員たちが床に臥せっている佐知子を搬送しようとした時に、

「私は病院に行きません」

と彼女は言って、頑強に抵抗した。

「本人が拒否しています。無理やり搬送することはできません。虐待になります」

一瞬、救急隊長はためらった。

明夫は彼女にはもはや判断力が失われているので、ぜひとも彼女を市民病院まで搬送してくれるよう救急隊長に依頼した。明夫は彼女にも懇願した。つい

に彼女は同意した。

「隊長、お願いします」

明夫は頭を下げた。

「了解しました」

隊長がそう言うと、隊員たちはすかさず彼女を車の中に搬送した。

明夫は美春と一緒に車の中に乗り込んだ。隊長は明夫に佐知子の病状を詳しく尋ねた。明夫は手帳を見ながら、てきぱきと答えた。

佐知子は救命救急センターに搬送され、早速、精密検査を受けた。午後一時頃にやっと各種の検査が終了した。彼女はこれまで病院で診察を受けることを拒否していたが、いったん医師の前に行くと、実に素直に診察を受けたのである。明夫は病院と医師の崇高な底知れない力に感じ入ったのだった。

午後二時、明夫と美春は血液内科の医師、平本美代子先生から、佐知子の病状について説明を受けることになった。明夫は美春を伴って七階の面談室に入り、平本先生と向かい合って座った。

「まず、CT検査の結果を申し上げます。全身のリンパ節が腫れており、特に肝臓と脾臓の腫れが目立っています」

先生は厳しい表情を浮かべて、パソコンの画像を示しながらそう言ってから、次に血液検査の結果について述べた。

「LDが高いですね。一千を超えています。血液のガンが進行している指標と言えます。CRPが高く、ヘモグロビンが六・四で、極度の貧血状態です。白血球の中に悪い細胞が出ており、悪性リンパ腫の疑いが濃厚です」

「どうしたら正確に判断できますか」

明夫は佐知子の病状が悪化しているのを知り、思わず身震いした。

「正確に診断するためには腫れているリンパ節を切り取って調べなければなりません」

「分かりました」

「手術をしますか」

「本人は高齢ですから、手術は無理だと思います」

「そうですね。では、手術をせずに、お薬による緩和医療を目指しましょう」

「そうして下さい」

そう言って、明夫は丁寧に頭を下げた。美春も明夫の意見に賛成した。

「先生、薬物療法をお願いするわけですが妻はいつごろ快復するでしょうか」

「そうですね、この夏を越すことはできないでしょうね」

と先生は静かな口調で答えた。

明夫は、「それでは手術をお願いします」と言おうとしたが、口に出して言うことはできなかった。

佐知子は市民病院に一泊し、翌日の午前十時半に退院した。帰途、彼女は車

の窓から、川べりの桜の花が今を盛りと美しく咲いているのを見ながら、

「上天気に恵まれた日に退院できてうれしいわ」

と言って笑顔を見せた。

その日の夕方、主治医の下村先生が奥様を伴って往診してくれた。明夫は市民病院の血液内科の担当医から預かった主治医宛の手紙を下村先生に手渡した。下村先生は佐知子を診察する前にその手紙に目を通してから、別室で佐知子の症状を明夫と美春に詳しく説明した。先生は佐知子の病状については市民病院の平本先生と大体同じ意見であったが、病人の余命については若干意見を異にしていた。下村先生は佐知子の病気が急性であることを強調していた。下村先生の奥様は緩和医療を重視している海浜中央病院に入院するよう勧めた。その後、下村先生は念入りに佐知子の診察をして帰って行った。

二

翌日、美春が海浜中央病院に行き、佐知子を緩和ケア病棟に入院させたいという意向を伝えたのだが、空き室がないため、十日ほど待たなければならなかった。

その間、介護支援専門員の岡田光代ケアマネジャーの尽力により、佐知子は訪問介護を受けることになったのである。松浜介護センターとけあき介護センターの女性介護福祉士、計四名、それによ風訪問看護ステーションの女性看護師二名が、この訪問介護計画に加わることになった。佐知子は、毎日、午前九時、午後一時、午後五時に訪問介護を受けることになった。佐知子は、スケジュールに従って、ヘルパーや看護師の介護を受ける幸せに恵まれたのである。

仕事の内容は、排泄介助、清拭《せいしき》、足浴、洗面、口腔ケア、更衣介助、そして服薬介助などである。さらに毎週火曜日に看護師が病気や障害の状態、血圧、脈拍などを調べて主治医との連絡調整役をつとめることになり、主治医は定期的に往診することになったのである。

佐知子はいつも下村主治医に丁重な態度で接した。先生には医師としての深遠な風格が漂っており、彼女は従順に先生の診察を受けていたのである。

明夫は、毎日、訪問介護のヘルパーたちに感謝の気持ちを持って迎え入れ、介護の実態を自分の問題として体験し、現在の医療制度は前進していると思った。

昭和の初期の自分の子どもの頃を思うと、まさに隔世の感がある。

明夫は佐知子の介護に必要な車椅子、特殊寝台とその付属品、および床ずれ防止用具を借り受けた。いよいよ明夫はサービス予定表にしたがって、毎朝毎晩、ヘルパーたちを迎え入れることになったのである。

通常、ヘルパーは朝、昼、晩に一人で介護するが、介護の内容によっては二人で協力する場合もある。週の前半には松浜介護センターの三十歳代のヘルパーたち、後半はけあき介護センターの五十歳代のヘルパーたちが訪問することになった。

明夫は介護の仕事の邪魔にならないように作業中は別室に移り、帰り際に担当のヘルパーを玄関で見送ることにしていた。その時に、ヘルパーと長話をすることは禁物であった。

明夫はヘルパーが帰った後で、佐知子に、

「あなた、仕事で疲れているのですから、ヘルパーさんと長話をしてはいけないわ」

と注意されたことがあった。そのことを美春に話すと、

「お父さん、その通りよ。特に美人のヘルパーさんと長話をしてはいけません」

と苦笑しながら言った。

「そうか。こちらはいくら年を取っていても、若い女性と親しそうに話していると、佐知子は嫉妬するんだね」

「そうよ。昨日、お父さんはヘルパーさんとどんなことを話しているの？と私に尋ねていたわ」

「分かったよ。単に仕事上のことでも長話はよくないね。今後、ありがとうとただ一言だけ述べることにしよう」

「それが正解です」

美春ははっきりと言った。

最近、佐知子の認知機能が著しく低下し、彼女は正確な判断力や記憶力を失いつつあるのだ。明夫はこのことを十分に理解してあげようと思った。

佐知子は腰痛と腹痛を度々訴えるようになった。ヘルパーが帰った後で、彼女は明夫にマッサージをするよう依頼した。彼はできるだけ彼女の要望に応えたが、素人療法には限界が見えていたのである。

明夫は佐知子を海浜中央病院の緩和ケア病棟にできるだけ早く入院させたいと思った。そこで、美春は市民病院に行き、担当医の紹介状を受け取り、その足で海浜中央病院を訪れ、緩和ケア担当の医師に会い、佐知子の入院を依頼したのである。

次の日、美春は実家を訪れた。明夫は美春に向かって、

「佐知子はいつ緩和ケア病棟に入院できるのかね」

と尋ねた。

「実は、昨日、緩和ケア病棟の岡田英利先生にお会いし、できるだけ早く母を入院させたいとお願いしました。でも、入院を待ち望んでいる家族が多く、二十日くらい待たなければなりません。入院申込書は出しましたけど」

「そうかね。日本は超高齢化社会になっているからね。病人も多いのだよ」

「そう思います。母の症状を考えると急を要することなので、どの病棟でもいいですと、もう一度、岡田先生に電話をかけておきます。では、雄太に早く夕御飯を食べさせなければならないので……」

と言って、美春は急いで家に帰って行った。

翌日、午後五時、美春は息せき切って実家に駆け付け、居間に入ってきた。

「何か急用かね」

明夫は尋ねた。

「はい、そうです。岡田先生から電話がありました。緩和ケア病棟は順番待ちで今日明日と言うわけにはいきませんが、三日後に五階の地域包括ケア病棟に入院できるという話です。緩和ケア病棟の患者さんと同じように治療ができるそうです。どうしますか?」

「急がば回れ、と言うじゃないか。まず、そこに入院し、空きができたら、緩和ケア病棟に入ればいいじゃないか。そうしよう」

と明夫は言った。

「でも……」

「何か問題があるの？」

「そうです。個室の部屋代が高額です。一日や二日ならいいけど、月単位で計算すると目玉が飛び出るほど高いのです」

そう言って、美春はメモ用紙に墨痕鮮やかに金額を記入した。

「うーむ。確かに高額だね。高級ホテルみたいだ。いずれ人間はこのような不測の事態に直面することがある。だから、佐知子は日ごろ子どもたちからけちだと言われるくらいに、倹約に倹約を重ねてきたのだ。そのくらいの金額は出せるくらいの蓄えがあるよ。その部屋に入院することにしよう」

「ほんとうにいいんですか」

「大丈夫だ」

「分かりました。ケアマネジャーは高すぎると言って驚いていましたけど、ではそうしましょう。すぐ、この場で電話します」

美春はそう言って、岡田医師に電話をかけた。

「先生、この度はいろいろお世話になりました。予定の日に母が入院しますので、よろしくお願いします。では、入院の時間をお知らせ下さいませ。……ああ、そうですか、午前十時半ですね。よく分かりました。その時間に必ずまいります。ありがとうございました」

美春は丁寧に頭を下げて電話を切った。

「いろいろお世話になりありがとう」

明夫はねぎらいの言葉を述べた。

「いいえ、お母さんのためなら骨身を惜しまず何でもするわ」

「さて、まだ難問が残っているよ。どういう理由をつけて、佐知子に入院の段取りを納得させるかということだ。認知症を患っている上に耳が遠いからね」

「大きな紙に書いて説明するのよ」

「文言は?」

「そうね……。病院に入院して、お医者さんにお腹と腰の痛みを治してもらいましょう、と正直に書いたらどうですか」

「そうしましょう」

美春はほっと息をついた。

三

佐知子は四月三十日に海浜中央病院に入院することになった。まさにゴールデンウイークの真最中だった。ちょうど良いことに次女の和美が前日の二十九日に母の介護のために実家を訪れていた。美春は佐知子の入院計画について詳しく和美に説明し、どこか適当な介護タクシー会社を探してほしいと依頼した。ＩＴ企業に勤務している和美はスマートフォンを駆使して、予定の時間に来てくれる介護タクシーを予約した。その上、美春と和美が協力して入院に必要な下着類や尿取りパッドなどを準備した。

四月三十日、火曜日、小雨、肌寒く、入院には最悪の日だった。予定通り、介護タクシーが家の前で停まり、介護職員がストレッチャーを持って一階の佐知子の寝室に現れた。

「私はこの人を知りません。どなたですか」

と言って佐知子は抵抗したが、美春の夫利宏がなだめて、職員と協力して、手際よく佐知子をストレッチャーに乗せて大型の介護タクシーに向かった。

介護タクシーの中では、佐知子の周りには明夫、美春、利宏、和美、雄太が勢揃いした。佐知子は上機嫌になり、ありがとうとはっきりした声で言った。

介護タクシーが救急病棟の前に停まり、佐知子は精密検査室に搬送され、二人の女性の看護師たちが検査の諸準備に取り掛かった。背の高いすらりとした体型の美形の看護師が、

「あら、美春さんじゃないの?」

と驚きの声を上げた。

「島村さん、お久しぶり。母をよろしくお願いします」

美春は頭を下げた。

島村の娘と美春の息子、雄太は幼稚園で同じクラスだったのである。世の中には不思議なことが起こる。いつ、どこで知人に会うか分からないものである。

佐知子の主要な検査はてきぱきと短時間で行われ、彼女は医療設備の整った個室に移された。

その日から一週間、佐知子は五階の地域包括ケア病棟に入院し、五月八日の午前十時、やっと七階の緩和ケア病棟の個室に移ることができたのである。この部屋には北側に窓があり、はるか右手に江の島の展望台が見え、左手には片瀬山の住宅地と新林公園が連なっていた。佐知子は片瀬山の方に目を向けて、

「家に帰りたいわ。早く退院できるようにお医者さんに頼んで下さいね」

と明夫に懇願した。

「うん、家に帰れるようお医者さんに頼むからね」

明夫は心を込めて言った。

その時に長山明子看護師が部屋に入ってきて、

「先生が家族の方とお会いしたいと言っていますが、どうぞ面談室にお越し下さい」

と丁寧な口調で言った。

「分かりました。早速お伺いします」

と言ってから、明夫は美春と一緒に緊張した面持ちで面談室に入った。すでに主治医の岡田先生は落ち着いた表情を浮かべ椅子に座って待っていた。先生はすぐに立ち上がり、

「どうぞお掛け下さい。これからご夫人の病状について申し上げます」

と言った。

「この度は家内が念願の緩和ケア病棟に移ることができありがとうございました。心から感謝しております」

明夫と美春は一緒にお辞儀をした。

「この病棟では、患者さんの心や身体を苦しめている病状を大所高所から緩

和するよう心掛けています。そのために、医師と職員とボランティアが力を合わせて、患者さんと介護疲れをしている家族の皆さんのケアに尽力しています。どうぞ気軽に何でもご相談して下さい」

先生はやさしく話し掛けた。

「ありがとうございます。ところで、先生、相談したいことがあります」

「なんでしょうか」

「家内は家に帰りたいと言っているのですが、一日か二日、家に連れて行ってもよろしいでしょうか」

「ああ、そのことですか。患者さんは皆同じようなことを言っています。今のところ病状が急変することはないと思いますので、よろしいですよ。週末あたりいかがですか」

「一泊ならいいですか」

「いいですよ。二泊までが限度ですね。近くの温泉に一泊してきた患者さんもいます」

「症状が急変した時にはどうしますか。近所のお医者さんを呼んでもいいですか」

「いいえ、それはよくありません。現在、私が主治医ですから、緊急を要する場合には救急車を呼んで病院に戻って下さい」

「よく分かりました。先生のおっしゃったことをよくわきまえて外泊願を提出することにします」

と明夫が言うと、先生は温和な表情を浮かべて「分かりました」と言った。

明夫は、家に帰ることができる、と佐知子に言えば、彼女はさぞかし喜ぶだろうと思ったが、一抹の不安を感じた。明夫が病院に行こうと言う度に、佐知子は行きたくない、と執拗に抵抗してきたのだった。週末に佐知子が外泊できたとしても、すんなりと病院に戻ることができるだろうか。明夫にとってはそのことが心配の種であった。明夫は複雑な感情を抱きながら面談室を出たのである。

佐知子は日増しに食が細くなり、メイバランスを飲まなくなった。それは高カロリーの栄養調整飲料なので、明夫は長山看護師にそれに代わる食品があるかどうか尋ねてみた。その時に彼女は、

「アイスクリームがお好きですか」

とベッドに横たわっている佐知子に尋ねた。

「大好きです。ＯＫ」

佐知子は笑顔を浮かべた。

「それではね、メイバランスと同様に栄養価の高いアイスクリームを用意することにしましょう」

と長山看護師は言った。

「アイスクリームは私の大好物ですわ。あなたってなんて素敵な方なんでしょう」

佐知子は涙を浮かべた。

五月十三日、明夫は午前十時半に病院に到着し、美春と入れ替わりに佐知子の病床に付き添った。佐知子は娘たちが結婚してから、明夫と二人きりで生活していたので、入院してからもいつも一緒にいないと落ち着かないようだった。明夫は高齢者なので、三人の娘たちと交代で佐知子に付き添うことになったのである。娘たちの話によると、

「明夫さんはどうしていつもここにいないの？　どこかへ出掛けて行ったの？　外国へ行ってしまったんじゃないでしょうね」

と悲痛な声で尋ねるということである。

明夫は家を完全に留守にするわけにはいかず、週に二回佐知子の病床に付き添うことにした。八十九歳になった明夫は自分の体力の限界を知りながらも、何とか自分の役割を果たすつもりだった。

明夫は付き添い役を勤める日には、できるだけ佐知子の脇に座り、「明夫はここにいるよ、ここにいるよ」と自分の存在を強調するのだった。

その日、明夫はテーブルの上にカーネーションの花が生けられているのに気が付いた。五月十二日は日曜日で「母の日」だった。前日に長女の真理が娘のひとみと一緒に佐知子の介添え役を勤めていたのだった。明夫はカーネーションの花を見詰めながら、真理がかいがいしく佐知子の世話をしている姿を脳裏に浮かべていたのだった。

十二時半、昼食の時間だった。割烹着をまとった長山明子看護師が患者食と家族食を持って病室に入ってきた。付添人は談話室で昼食を取ることができた。しかし、明夫は食欲のない佐知子に刺激を与えるため病室で食事を楽しむことにした。明夫は家族食に箸を付け、おいしそうに頬張っている顔を佐知子に向けた。佐知子も明夫の方に顔を向けながら、おいしい、おいしいと言って昼食を味わっていた。看護師は約束した通り、液体のメイバランスの代わりにメイ

バランスアイスを用意してくれたのである。佐知子は、

「これまでの人生でこんなにおいしく食べたことはありません。ほんとうにありがとうございます」

と言って、メイバランスアイスのほかにイチゴやシャーベットやミカンをおいしそうに食べた。明夫が看護師にお礼の言葉を述べると、佐知子は、

「夫の明夫さんは栃木の農家の生まれです。とちおとめや干ぴょうの産地です」

と言ってとても機嫌がよかった。

午後三時、家族向けの紅茶とケーキが運ばれてきたので、明夫はありがたく賞味した。

午後四時、主治医の岡田先生が巡回診療に現れた。明夫が、

「先生、家内は思った以上に食欲があり、メイバランスアイスやミカンやイチゴを食べました」

と言うと、先生は、

「よかったですね。その日によって波がありますからね。お大事に」

と言って、聴診器を手に持って帰って行った。

四

明夫は月に一回、片山整形外科に通院し、腰痛と肩凝りの治療のためにリハビリを行い、その後、片瀬薬局で飲み薬を調合してもらっていた。

五月十四日、十二時半、明夫は片瀬薬局で飲み薬を受け取ってから、帰途、コンビニに立ち寄り、のり巻き弁当とサラダと野菜ジュースを買って帰宅した。

彼は居間に入り、

「やれやれ、これから昼御飯を食べることにしよう」

とつぶやき、ビニール袋からのり巻き弁当を取り出した。この弁当は老人の明夫には多すぎて、いつもその半分を佐知子が食べることになっていた。

「そうだ、佐知子はこののり巻き弁当をおいしいと言って食べたものだったなあ。この野菜ジュースも好きだった。明日、病院に行って、佐知子の付き添い役を勤めることにしよう」

明夫はそうつぶやきながら、ベッドに苦しそうに横たわっている佐知子の姿を思い浮かべていた。

昼食後、明夫は家の掃除や皿洗いや次の日のごみ出しの準備をしていた。やっとひと仕事が終わり、居間で新聞を読んでいた。

その時、市の防災放送が流れ、

「行方不明者のお知らせをいたします。本日、午後二時頃、岩川町の近くで、四十五歳の女性が行方不明になりました。髪型は長髪、背丈は百六十センチくらいで、やせ形、ピンク色のパジャマをまとい、グレーのズボンをはいています。心当りの方は警察署までお知らせ下さい」

と二回放送を繰り返した。

明夫は自分の三女と同じ年の女性が、いったいどうしたのだろうと、不安な気持ちを抱きながら聞いていた。その後、友人からの手紙の返事を書いているうちに日が暮れて辺りが暗くなってきた。

夕方、チャイムが鳴り、佐知子の病床に付き添っていた美春が玄関に姿を現し、涙を流しながら、途切れ途切れに話し出した。

「お母さんは夕食のパンを一切れも食べなかったのよ。担当の看護師がアイスクリームやイチゴを食べるよう勧めたけど断ったわ。そしてそのまま眼をつぶって眠ろうとしていたわ。私は雄太が待っているから、帰ってきたけど、お母さんが可哀相だわ。何も食べないで寝ることになるのよ。私が居残って食べさせてあげればよかったわ。こんな状態が続いていたらお母さんは死んでしまうわ」

「うん、うん、分かったよ。明日、私が付き添い役を勧めるから、心配するなよ。今日はご苦労でした」

明夫は美春を慰めた。

翌日、明夫は午前十時半に病院に到着し、七階の部屋に静かに入り、美春と交替して午後六時半まで佐知子の病床に付き添うことになった。佐知子は昼御飯の時には思ったより食が進んだ。しかし、夕御飯を十分に食べることはできないだろうと、明夫は心配していた。

午後六時、宇山千恵看護師が柔和な笑みを浮かべて、お膳を運んできた。佐知子は両手を合わせ、頭を下げ、いただきますと言って、メイバランスアイスと、明夫が持ってきたイチゴを三個食べた。明夫は佐知子に手際よく食べさせる術を心得ている宇山看護師に感謝した。

五月十七日の朝、主治医の許可を得て、佐知子は二泊三日の予定で家に帰ることになった。明夫は三人の娘たちや孫と一緒に佐知子を迎えに行くことになった。介護タクシーのドライバーが病室を訪れて、宇山看護師に手助けしてもらい、佐知子をストレッチャーで搬送しようとした。佐知子は念願がかなって、家に帰れることになったのだが、急に見知らぬドライバーが現れたので、

気が動転し、

「あら、私は死んでしまったの？　これから私を火葬場に連れて行くんですね。ああ、恐ろしい！」

と言って、少し暴れた。

「お母さん、やっと家に帰れるんですよ。家でゆっくりくつろいで、何かおいしい物を食べましょうね」

と美春が言って、笑顔を見せた。その言葉を聞いた佐知子はやっと納得した様子だった。介護タクシーは辻堂の海岸通りを江の島の方に向かって走って行った。右手に江の島がくっきりと見えてきたので、同乗していた和美は、

「お母さん、江の島が見えるよ」

と言ったが、その言葉には返事をしないで、佐知子は、

「これから私をどこへ連れて行こうとしているの？　あの見知らぬ人がどこか怖い所へ連れていこうとしてるんだったら、警察に訴えてやるからね」

と震え声で言った。

「大丈夫よ。家に帰るんだよ」

明夫がそう言うとやっと安堵の表情を浮かべた。

介護タクシーは龍口寺の脇を通って丘の上に建っている明夫の家の前で停まった。

佐知子は洋間のベッドの上に搬送され、手足を伸ばしてあくびをかみ殺して、

「ここはどこなの?」

と尋ねた。

「おうちですよ。左手のピアノの上に、昭平と雄太とひとみ——可愛い孫たちの写真が飾ってあるでしょう。右手の上には柱時計があって時間がよく分かりますよ」

和美が大きな声で言うと、佐知子はやっと安心してうなずいた。

五

和美は実家に滞在中、金、土、日曜の三日間、掃除、洗濯に励み、けあき介護センターから派遣されたヘルパーたちと共に佐知子の介護に尽力した。

和美は家事の合間に、居間で明夫の隣に座り、

「介護術の本を買ってきたわ」

と言って、明夫にその本を手渡した。それはすぐに役に立つ理論と実践の本だった。ページをめくると、イラストが多く、素人でもよく分かるように書かれていた。和美は、

「私は定年になったら、経験を積んでホームヘルパーになりたいわ」

と真面目な顔で言った。

佐知子が二泊三日の予定で自宅に滞在中、真理と和美と美春の三人の娘たちが代わる代わる実家を訪れ、ヘルパーたちに協力して介護の任に当たった。昭平と雄太とひとみの三人の孫たちも祖母を元気づけるためにやってきた。佐知子は元気を取り戻したように見えたが、病気が進んでいるせいか、相変わらず食欲がなかった。

土曜日の夕食の時間に、雄太が明るい笑顔を浮かべてやってきて、

「おばあちゃん、岡山産のおいしいメロンを持ってきたよ」

と言って、細かく切ったメロンをスプーンで食べさせた。

その後で、三人の娘たちが協力して作詞作曲した「佐知子さんソング」を身振り手振りを混ぜて歌い出し、佐知子を元気づけた。明夫は娘たちの無邪気な活躍ぶりにびっくり仰天した。

翌日、日曜日の午前十時半、明夫は娘や孫たちと一緒に介護タクシーに乗って、佐知子を病院まで送った。

佐知子は自分の家にいる時には、何の遠慮もなく自分の意見を言っていたが、病院の医師や看護師やヘルパーには礼儀正しく、丁寧な態度で接していた。

病院に戻った日には、自分の家にいる時のように自由に振る舞うことができず、娘たちが付き添っているにもかかわらず不機嫌だった。時にはささいなことで娘たちに当たり散らしていた。病状が急速に悪化している時には心身ともに苦痛を伴うもので、平常心で過ごすことはできないものだなあと、明夫はつくづく感じ入ったのだった。

朝から夕方まで、再び明夫と三人の娘たちは交替して、佐知子の付き添い役を勤めることになった。

五月二十日の月曜日、明夫は佐知子の夕食の時間を今か今かと待ちわびていた。予定より二十分ほど遅れて、担当の長山明子看護師がお膳を運んできた。彼女は佐知子の脇に座りながら、スプーンを用いてまずメイバランスアイスを食べさせようとした。佐知子は一口食べただけだった。次に明夫が差し入れた

イチゴを勧めたが彼女は食べる意欲がなかった。明夫は心配して、

「長山さん、麦茶を勧めて下さい」

と言った。

「いやと言っているんですから、飲まないと思います」

「何とかお願いします」

明夫は執拗に食い下がった。

長山看護師は医学の専門用語を用いて、素人には分からない理屈を述べて断った。その時に呼び出し電話がかかり、看護師は急いで部屋を出た。入れ替わりに美春が部屋に入ってきた。その間の事情を話すと、美春は心配そうな顔をした。

「何も食べないし、麦茶も飲まないんだ。このような状態が続けば病人は死んでしまうよ」

明夫は悲痛な声で言った。

「それではお父さんが自分で麦茶を飲ませてあげなさいよ」

美春は言った。

明夫は佐知子に寄り添って、

「さあ、麦茶を飲みましょう」

と言うと、佐知子は明夫の言葉に呼応するように、一口、二口……五口ほど夢中になって飲んだ。

明夫は病院から帰る時に、ナースセンターに立ち寄って、担当の看護師に佐知子が麦茶を飲んだことを話した。その時、美春は、

「そんなことを言っちゃだめよ。看護師さんはお母さんを放っておいて、今夜、何も飲ませてくれないわよ」

と明夫に強い口調で言った。


明夫は美春の車に乗って家に帰った。

しばらくしてから、近所に住む美春が総菜を持って居間に入ってきてから、ソファーに座り、

「ご苦労さまでした。明日の火曜日、私がお母さんに付き添うことになっていますから、ご安心下さい」

と言った。

「よろしく頼む。明後日の水曜日には、朝早く出掛けて主治医の岡田先生に会いたいと思っている。佐知子は何も食べようとしないので心配しているんだ」

「先生によろしくお伝え下さい。夕食の時の看護師の対応がよくなかったわね。日勤の看護師たちは、至れり尽くせりの介護をしてくれるので、お母さんは彼女らをとても頼りにしているの。一方、夜勤の看護師たちは少人数ですから、終末期の患者さんを一人一人丁寧に介護する時間がないのよ。人手不足ですね。病院の緩和ケア病棟の理念は素晴らしく、全国でも有名な施設ですが、

夜勤の人手不足を改善すれば国内屈指の病院になると思うわ。お母さんのような二重の苦しみ、つまり悪性の腫瘍と認知症という病《やまい》に冒されている患者を満足のいくように介護するのは至難の業かもしれませんね。お母さんは担当の看護師を呼びたくても、援助を求めるボタンを押すこともできないですからね」

「うーむ。その通りだ。厄介な病気にかかったものだね」

「お父さん、愚痴を並べても仕方がありません」

「そうだな。明日、あなたが病人に付き添うことになっているね。よろしく頼むよ」

明夫はそう言ってから、夕御飯を食べ始めた。

翌日の夕方、明夫は居間のソファーに座りながら夕刊に目を通していた。その時、チャイムを鳴らして美春が入ってきた。明夫は、

「お帰り。ご苦労さん」と言ってから、「佐知子の様子はどうなの？」

と美春に尋ねた。

「それがね、昨日と同じようにお母さんは何も食べなかったわ。あのまま何も食べないと死んでしまうよ、とお父さんが言った通り、私も心配して、夕食担当の看護師さんにもう一度食べさせて下さい、と頼んできたわ」

美春は悲しそうに言った。

「そうだったのか。実はね、昨日、午前十一時頃、岡田先生が診察した時は落ち着いていたのだが、午後三時頃、佐知子の息遣いが急に激しくなってきたんだ。私は心配して、主治医にその状況を連絡しようと思ったのだが、数分後、平常の息遣いに戻り、話ができるようになったので、そのまま家に帰ってしまったのだ。何だか気になる。明日、朝早く出掛けて、主治医に佐知子の病状を尋ねることにしよう」

明夫は真に迫った口調で言った。

「私も同じ意見だわ。私も一緒に行きます」

美春は深刻な表情を浮かべた。

水曜日、明夫はいつもより早く起きて、七時半に朝食を取ってから、身なりを整えて出掛ける準備をしていた。その時、チャイムが鳴って、美春が玄関に現れ、

「お父さん、さあ病院に行きましょう。お母さんが今か今かと待ちわびているわ」

と言った。

「うん、出掛けよう。あっ、そうだ。冷蔵庫の中にイチゴが入っているから、取ってくるよ」

明夫は佐知子にイチゴを食べさせようと思って、昨日、スーパーでとちおとめを買ってきたのだった。

「お母さんはイチゴが好きだけど、食べられますか」

「そうだね、食べてくれることを願っているよ」

「では、さあ、私の車に乗って」

美春がそう言って、車の方に向かおうとした時に、彼女の携帯電話が鳴った。

「あら、朝早くどなたかしら」

美春は慌てふためいてバッグの中から携帯電話を取り出した。

「はい、そうです。私です。美春です。ええっ！　本当ですか？　母の病状が急変したんですか？　至急、父と一緒に来ていただきたいって？　はい、はい、今、父と一緒に病院に向かおうとしていたところです。これから急いで行きます」

美春は手を震わせながら電話を切った。

「大変だわ。お母さんが危篤状態です。さあ急ぎましょう」

二人は車に乗って病院に向かった。

美春は車を運転しながら、

「ねえ、お姉さんたちに連絡して下さい」と言った。

「分かった。至急、病院に来るよう連絡する」

六

明夫はバッグの中から携帯電話を取り出して、長女の真理と、二女の和美に佐知子の病状を簡潔に説明した。

「お父さん、ありがとう。もうすぐ病院に到着します」

そう言って、美春は大通りの角を右に曲がった。明夫は彼女の手際よいハンドルさばきに感心した。右手に病院のビルが見えた。数分後、車は病院の入り口で停まった。

「お父さん、私は車を駐車場に置いてくるから、二、三分遅れていくわ」

と美春は深刻な顔をした。

明夫は一足先に七階のナースステーションに息せき切って駆け付けた。

受付で明夫が面会者名を書こうとした時に、担当の長山明子看護師がつかつかと歩み寄ってきて、

「お名前は分かっているからよろしいです。一刻も早く七〇八号室に行って下さい」

と言って、明夫を佐知子の病室に案内した。佐知子は二日前に移動した七〇八号室で、目を閉じ、口を開けて眠っていた。

「耳元で大きな声で言葉を掛けてあげて下さい。まだかすかに心臓は動いています」

長山看護師は言った。

明夫は佐知子の耳元で、

「明夫がここにいるよ。目を開けて何とか言ってよ」

と大きな声で言ったが、全然反応がなかった。

明夫は佐知子の額に右手を当てた。まだ身体は温かかった。数分後、美春が

病室に入ってきた。

「お母さん、美春がここにいるよ」

美春がいくら呼んでも反応がなかった。

その時、主治医の岡田先生が現れ、佐知子の脈拍をしらべ、診察した。先生は明夫と美春に交互に目を向けてから、腕時計を見て、

「午前八時四十五分、高村佐知子さま、安らかな臨終です」

と厳粛な口調で言った。

明夫は両手を合わせて恭しく佐知子の冥福を祈った。美春は後に続いて両手を合わせ、

「お母さん、何でそんなに早く逝ってしまったの？　週末にはもう一度二泊三日の予定で家に帰る予定だったのよ。雄太もおばあちゃんの帰りを心待ちしていたのに！」

と言って、母の死に号泣した。

その後、長山看護師は佐知子の身体を拭き清め、死に顔も念入りに化粧した。一時間ほど経ってから、真理と和美が悲愴な面持ちで部屋に入ってきた。真理は佐知子の両手を撫でてから、

「遅れてきてごめんなさい。これまでいろいろと面倒を見てくれてありがとう。病気が進んで苦しかったでしょう。安らかにお眠り下さいね」

そう言ってむせび泣いた。

次に和美が部屋に入り、深々と頭を下げ、

「お母さん、和美ですよ。ここに夜通し一緒に寝てあげられなくて申し訳なかったわ。独りで寂しい夜だったでしょう。私がもっと早く気が付けばよかったわ」

和美は涙ながらに語った。

しばらく経ってから、長山看護師は明夫に何時に家に帰りますかと尋ねた。

「佐知子と一緒に十二時半に家に帰りたいと思います」

明夫は、はっきりした声で答えた。

「午後一時半にお帰り下さい。その時、岡田先生をはじめ緩和ケア病棟のスタッフが揃ってお見送りしたいと存じます」

長山看護師は丁寧な口調で述べた。

「心のこもったご配慮を賜りありがとうございます。では、お言葉に甘えて午後一時半に帰ることにいたします」

明夫は丁寧に頭を下げた。

その後、明夫はすぐに湘南心和斎場に電話をかけて、永遠の眠りについた佐知子と一緒に所定の時間に家に帰る手はずを整えた。

予定通り、佐知子の亡がらを取り囲んだ明夫と三人の娘たちの一行は、湘南心和斎場の車に乗って、一路家へ向かった。

道路の右手に江の島が見えてきた。

和美はふと思い出したように、

「先週の金曜日にはこの道を通って家に帰ったわね。その時、お母さんは割と話をしていたのにね」

と言った。明夫は、

「うん、そうだったね」

と返事してから、佐知子に向かって、

「今朝、看取ることもできずごめんね。何か言い残しておきたいこともあったろうに」

と言った。

「そうよ、私もそう思うわ」

美春は残念そうな表情を浮かべた。

そうこうするうちに車は家に到着した。

一同は応接室で佐知子の通夜・告別式の段取りについて、湘南心和斎場の谷川清人葬祭ディレクターと話し合い、その週の土曜日に通夜、日曜日に告別式を執り行うことになった。葬儀の打ち合わせが終わってから、一同は居間に入り、佐知子の思い出に浸った。

その時、美春は、再び、

「何と言っても、母の死に目に会うことができなくて残念だったわね」

と嗚咽を漏らした。

「夜間勤務の看護師さんが、見回りに行った時に、母は危篤状態に陥っていたのでしょう。だから、その時に父に連絡しても間に合わなかったのよ」

真理は口を挟んだ。

「そう考えると、先週、母が外泊した時に、そのまま家にいたほうがよかったわね。そうすれば母を看取ることができたわ。今思うと、すごく心残りだわ」

美春は語気を強めて言った。その時に、

「佐知子の死には謎があるよ」

と明夫はぽつりと一言漏らした。

「謎って、何？」

三人の娘たちは揃って明夫に眼差しを向けた。

「私も不思議に思ったのよ。なぜ急に母を無料の部屋に移したんだろうって」

美春は興味津々の体《てい》で言った。

「だから、その時に、後一日か二日のうちに危機が訪れると思って、私たちもよく考えればよかったのだよ。都合のつく娘たちのうち誰かが一緒に泊まってあげればよかったなあ。そうすれば死に目に会うことができたと思う」

「お父さん、私もそう思うわ。私が泊まってあげればよかったわ。私は会社を休むことができたのよ。今、とっても後悔しているわ」

和美の目が潤んだ。

七

五月下旬の土曜日と日曜日に、佐知子の通夜と告別式が執り行われた。近親者と高校時代の友人、久美と純子が出席した。

明夫は高齢であったが、弓道で培った気力と体力で何とか喪主としての役目を果たすことができた。しかし、月曜日には言い知れぬ深い喪失感に襲われ、どっと疲れが出てきた。彼は久しぶりに会った親類縁者の顔を一人一人脳裏に思い浮かべていた。ただ、一人だけ名前が浮かばない顔があった。あれ！　誰だったたであろうか？　明夫が親しくしていた勇次が来なかった。もしかしたら彼か？　そんなことはない。勇次はやせ形で緑の黒髪を肩まで伸ばした芸術家風の青年だった。事実、勇次は書を嗜み、郷里ではその道で知られている。彼は自ら落款を作っていた。十数年前、明夫は、竹の根っこで作った落款を勇次から頂いたことがある。

翌朝、明夫は勇次に会うことができなくて残念だったと美春に話すと、

「あら、お父さんは勇次さんと挨拶を交わしていたではありませんか」

と美春ははっきり言った。

「どこで？」

「告別式の会場です」

「あっ、そうか。挨拶を交わしたが、その人が誰であるか分からなかったのだ。まさかあなたは誰ですか、と聞くわけにはいかないだろう」

「そうだわね。あの方が勇次さんですよ。栃木の淳さんが亡くなった時に、お父さんが体調を崩していたので、私が代理で出席したでしょう。その時、勇次さんは、淳さんの病状について詳しく説明してくれたわ。だからよく存じています」

「うーむ。そうだったのか。彼には十数年間会っていないからね」

「そうね、勇次さんも言っていたわ。最近、体重が増えて、髪を短く切ってしまったので、しばらく会っていなかった人は、非常に驚くんです、とね」

「勇次さんだと分かれば、もっと話したいことがあったのにね。残念だったよ」

明夫は「あの見知らぬ人」が、本当は以前自分が親しくしていた甥の勇次だと分かって胸がすっきりした。

翌朝、明夫は目を覚ました時に、佐知子が大切に使用していた箪笥の引き出しを開けてみた。明夫が海外に出張した時に、土産として購入したハンドバッグや色彩の美しいスカーフなどが保存されているかどうか確かめたかったのである。

「あった！」

グッチのスカーフやドイツ製の黒のハンドバッグなどが整然と並んでいた。

その脇に古い色あせたアルバムが入っていた。明夫はそれを取り出し、扉に目を向けた。

最初のページには昭和十八年六月十一日、第一国民学校初等科三年当時と書かれてあり、クラス全員の集合写真が貼り付けられていた。中央の席に背広姿の校長が座り、その両脇には国民服を着た先生たちが座り、左右の両端にモンペを穿いた女性の先生が座っていた。前から三列目の左から五番目のセーラー服姿の児童が佐知子のように思われた。この写真全体に太平洋戦争中の危機迫る暗い雰囲気が漂っているように思われた。三ページには小学校六年生のクラス写真が現れた。この写真の雰囲気はがらっと変わっていた。やっと戦争が終わり、国民学校は再び小学校になり、苦しい戦争の地獄から解放された先生や児童たちの頭上に明るい太陽が光り輝いているようだった。二列目に立っている佐知子も笑みを浮かべているように見えた。

さらにページをめくっていくと、中学時代のクラス写真や日本平に遠足に行った時の全員の写真が現れた。その次に、三月二十六日の日付で、中学校卒業記念のポートレイトがあった。テーブルの上に鉢植えの花が飾られ、その脇に、にっこり微笑んだセーラー服姿の佐知子が座っていた。その脇に中学三年生最後の修学旅行の集合写真があった。どこか湖のほとりで撮影されている。その写真の下に「私は病《やまい》のため行かず」と付記されていた。どんな病気だったのだろうか。この旅行に参加することができず、よほど心残りだったのだろう。そこには「病気後の顔」と添え書きされた佐知子の写真が貼付されていた。ページをめくって行くと、昭和二十五年五月、高校一年生の時に大磯海岸で撮影されたクラス集合写真が現れた。この日は上天気に恵まれていたようだ。海を背景にした写真で、カジュアルウエアをまとった先生は両手をズボンのポケットに入れて立っており、女生徒たちは楽しそうな表情を浮かべ、前列に立っている佐知子は両手を膝の上にのせ、白い歯を見せていた。この日、担任の先生は、春風に誘われて、クラスの女生徒全員を引き連れて、ピクニックに出掛けたのかもしれない。

ページをめくる度に、明夫は佐知子の高校生活に興味をもった。彼女は地理クラブに所属していたのだ。彼女が仲間と一緒に模型地図を作成している写真が載っていた。明夫は今になって彼女の高校生活の一端を知ることができたが、このことを生前に分かっていれば、お互いに高校時代のことを語り合って、話に花が咲いただろう。今になって、そう思うことしきりである。

後半では佐知子の親友の純子と一緒に撮影した写真が多い。数人の写真でも佐知子と純子はいつも並んでいる。まるで離れられない双子のようだ。よほど気が合ったのだろう。純子はバレエのレッスンを受けていたのだ。優美なバレエ衣装の姿の写真が散見できる。純子は高校を卒業してからもバレエを続けていたのだろうか。

最後のページには江の島を背景にした夏服姿の三人の女生徒たちの写真が現

れた。三人とも満面に笑みをたたえて、とても楽しそうだ。西浜海岸から撮影したと思われる。向かって左が佐知子、真ん中が久美、右が純子だ。明夫は、佐知子が久美と純子とは大の仲良しだったと聞いていた。このアルバムにやっと久美が登場した。久美は転校生で、初めは右も左も分からず怖じ気づいていたが、佐知子や純子と付き合うようになってから、やっと本来の自分を取り戻したのだった。久美はつねに前向きに考えて活動する女性だったのだ。佐知子は高校卒業後も久美と純子とは親しく付き合っていた。明夫は、佐知子が急性の重い病気にかかっていたことを知り、久美と純子にはその事情を伝えたのだが、彼女たちは佐知子の死に目に会えなかったのである。明夫は佐知子の告別式の日に久美と純子に会い、お礼の言葉を述べてから、彼女らとしばし話し合う機会があった。

明夫は居間で佐知子の若き日のアルバムを眺めながら、告別式で会った彼女らの姿を思い浮かべた。現在、彼女らは八十四、五歳。アルバムの彼女らは七十年前の十五、六歳の時の姿だ。現在、彼女らは老成しているが、しかし何故か彼女らの風貌の奥にかすかに青春の輝きを見ることができるように思われてならないのだ。それはおそらくアルバムをめくって感じ取った青春の残像かもしれない。

二、三日経ってから、佐知子の遺品を整理していた時に、細長い赤色のリボンで綴じられたA五サイズの数枚の画用紙帳を目に留めた。表紙の左上には墨痕鮮やかに高村佐知子先生と書かれており、中央には頭髪に花かんざしをつけた可愛い女の子が両手を広げてダンスを踊っている姿が描かれていた。これは佐知子がボランティアとして保育園で子供たちの世話をしていた時に、若い保育士たちが佐知子への誕生祝いの言葉を編集した小冊子である。最初のページには十数人の二歳の男女の子どもたちが、思い思いの格好で細長いテーブルを囲んで座り、手を振っている写真が載っている。佐知子は右手でVサインを示し、楽しそうに笑っている。彼女はもともと子どもが好きで、美春から三人の孫たちを猫可愛がりしていると言われていた。この写真はまさに美春の言葉を象徴しているように思われた。

画用紙帳には、十八人の保育士たちと事務職員からの佐知子への誕生祝いの言葉がハート型の紙に書かれて貼り付けられていた。彼女の誕生日は一月一日なので、年の初めと誕生日のおめでたが重なっているのだ。その代表的な例をいくつか見てみよう。

佐知子先生、お誕生日おめでとうございます。佐知子先生の優しさでいつも子どもたちを包んで下さり、ありがとうございます。素敵な一年となりますように祈っております。

高橋真理子

佐知子先生、お誕生日おめでとうございます。佐知子先生の優しく柔らかい雰囲気！　とても素敵です。私も佐知子先生のような優しい保育士を目指します。どうぞ素敵な一年を！

後藤まどか

お誕生日おめでとうございます。いつも丁寧な対応と優しい笑顔の佐知子先生！　初めてお会いしてから何年になるでしょうか。先生の優しい微笑みを心の安らぎにさせて頂いています。これからもお元気で！

事務所、中田由紀子

明夫は保育士たちや事務員の言葉に深い感動を覚えたが、何よりも佐知子が無邪気な園児たちの中に溶け込み、一体となって過ごしている姿を見て、彼女により一層声援を送りたいと思うのだった。しかし、ふと現実に戻り、もう彼女はこの世にいないのだと思うと、寂しい感情に襲われるのだった。

数日後、朝食を取ってから、明夫は居間で新聞の文化欄の記事を読んでいた。

その時、卓上の電話が鳴った。急いで受話器を取った。

「もしもし高村さんですか」

年配の女性の声だった。

「はい、高村です」

「あら、よかったわ、村井純子です、朝早くからごめんなさい。先日はお電話ありがとうございました」

「ああ、村井さん。先日は失礼しました。佐知子の中学・高校時代のアルバムを見つけ、村井さんと佐知子の二人の写真が非常に多かったものですから、村井さんとは本当に親しかったんだなあと思い、通夜と告別式に出席していただいたお礼を述べ、さらに佐知子への友情に感謝したかったのです。だから電話したのですよ。またバレリーナを目指してバレエのけいこに励んでいる時の写真があまりにも美しかったものですからね」

「ありがとうございます。それでね、お願いがあるのです。そのバレエの写真を私は持っていないのです。その若き日の写真を孫たちに見せたいのです。私に送って頂けないでしょうか」

「なるほど。分かりました。では、明日、その写真を郵送します」

「ありがとうございます。さぞかし孫たちが喜ぶでしょう。おばあさんにも光り輝く時代があったんだとね。それから、今、ふと思い出したんですけどね。高校生の時、私はいつも佐知子さんと行動を共にしていました。選択科目はいつも二人で相談して同じ科目を履修しました。席は私の隣でした。英語の時間に中島先生が、佐知子さんにこれから勉強する英語の文章を初めから終わりまで読みなさい、と言ったのです。すると、佐知子さんはすっと立って、澄んだ声で英文をよどみなく読み上げたのです。一同は彼女の朗読に聞きほれました。非常に感動的な場面でした」

「そうですか。意外ですね。佐知子は家では英語を話したことなんてありませんでしたよ」

「御主人が英語の先生ですから遠慮したんでしょうね」

と言って、村井純子は笑い声を上げた。

二人は切りのよいところで電話を切った。

明夫は今になって佐知子の生前のエピソードを知らされ、驚き入ったのだった。

八

　悲しい気持ちに打ち沈んでいるうちに、四十九日の法要の日が近づいてきた。明夫は施主として三人の娘たちの協力を得て法要の準備を進めることにした。月日は七月七日、十二時。法要の場所は市営斎場。住職による読経の予約も完了。市営の墓園に納骨することになるが、その前に墓園使用許可証と埋葬許可証を市長に提示しなければならない。明夫が提出した墓園使用許可証は古いものので、新しく書き換えたものでなければならないと言われた。しかし、家の中を探したが、市役所が要求している許可証を見つけることはできなかった。

　業を煮やした明夫は、

「クローン人間はオリジナルの人間がいたからできたものでしょう。本物のオリジナルの人間を信用しないで、クローン人間を信用するんですか」

と市役所の職員に詰め寄った。

「そうじゃないんですよ。高村さんは住所を変更したでしょう。ですから、新住所を記入した許可証を再交付したのです」

「ああ、そうでしたか。失礼しました。ではどうすればいいんですか」

「もう一度再交付を受ける手続きをして下さい」

「分かりました」

明夫は二〇一九年六月一日に新しい許可証を手に入れることができたのである。

明夫は、一九七一年に芝生墓地を使用できるよう手続きを取ったのだった。四十八年後に、妻の佐知子の方が先にこの墓園を使用するとは、その時、夢にも思わぬことだった。

明夫は三人の娘たちの協力を得て、墓碑に戒名、俗名、没年月日、享年を刻む段取りを決め、さらに仏壇および仏具一式を購入して、法要の準備を整えることができたのだった。

法要の前日、七月六日、和美は実家に一泊することになった。一階の和室に佐知子の遺骨や白木の仮位牌が納められ、遺影が飾ってあった。

明夫は佐知子の遺影に丁寧に頭を下げ、線香を立てて、彼女の冥福を祈った。さまざまな思いが脳裏に浮かんできたが、大きな溜め息をついて落ち着きを取り戻し、隣の居間のソファーに座った。その時、卓上の電話が鳴り響いた。明夫は右手で受話器を取った。

「もしもしお父さん?」

和美の声だった。

「そうだ。今夜、家に泊まるんでしょう」

「そうよ。今、大船駅の近くのファストフードの店にいるの。一緒に昼食を取るんでしょう。これからハンバーガーとフレンチフライポテトを買っていくわ。待っていてね」

「ありがとう。ペプシコーラも忘れないでね」

「分かりました」

和美は電話を切った。柱時計は十一時半を指していた。

老人がファストフードを好むとは意外と思うだろうが、明夫は遠い昔にアメリカのオレゴン州で食べたハンバーガーの味を忘れることができなかった。

十二時二十分、和美が玄関に現れた。明夫は和美を食堂に案内し、

「土曜日だから電車が混んでいたろう」

と尋ねた。

「いいえ、それほどでもなかった。座席に座ることができたわ」

「では、お父さん。一緒に食べましょう」

そう言って、和美はファストフードを盆に載せて並べた。

「ありがとう。早速頂きましょう」

「いつもお母さんがこの席に座っていたのにね」

和美は隣の空席を指差して涙を浮かべた。

「うーむ。そうだ、いつもこの席に座る佐知子がいないと寂しくなる。この家には私一人しか住んでいないわけだ。和美さんが来てくれてありがたい。明日は四十九日の法要の日だ。よろしく頼むよ」

明夫は沈痛な面持ちで言った。


昼食後、食休みを取ってから、和美はてきぱきと掃除や洗濯などの家事を手伝った。一段落してから、彼女は居間に入ってきて、明夫の隣に座り、

「何度も言った通り、お母さんの死に目に会えなかったことを悔やんでいるのよ。あの夜、泊まればよかったわ。会社の休暇を取ることもできたのに！返す返すも残念に思うわ」

「今さら悔やんでも仕方がないよ。佐知子は朝の八時四十五分に息を引き取ったのだ。朝私たちが来るまで頑張っていたのだと思う。私が病室に到着した時にはもう呼吸していなかった。担当の看護師がまだ心臓がかすかに動いていると言ったけどね。和美さんの気持ちはよく分かるよ。息を引き取る時に言い残す一言を聞きたかったね」

「そうです。その通りです」

「でも、今となってはかなわぬことだ。頭を切り替えて、明日の法要を手抜かりなく行うようみんなで力を合わせよう」

「賛成だわ」

和美は言った。

午後六時、高村家の慣例の夕食会が小田急ビルの七階のレストランで行われた。出席者は明夫、和美、美春と夫の利宏、孫の雄太だった。

一行は夕食後、明夫の家に集合し、法要の最終打ち合わせをして解散した。

実家に残った和美は急いで風呂を沸かした。

「さあ、お父さん、お風呂に入りなさいよ。数日間、お風呂に入っていないそうですね。体を清潔にして、明日の法要に出席しましょうね」

「ありがとう。では、一《ひと》風呂浴びることにしよう」

明夫はタオルと着替えを持って風呂場に向かった。

明夫は風呂から上がってから、歯を磨き、パジャマに着替えて、居間で夕刊に目を通していた。間もなく、脱衣場からヘアドライヤーの音が聞こえてきた。和美が髪の手入れをしている様子だった。眠気を催した明夫は、

「そろそろ床に就くつもりだ。火元の点検をよろしく頼むね」

と和美に声を掛けた。

「分かったわよ。お休みなさい」

和美は脱衣場から顔を出して言った。明夫はゆっくり階段を上って二階の寝室に向かった。

明夫は朝六時半に起床し、二階と一階の雨戸を開け、居間のソファーに座り、朝刊を読み始めた。まず、一面の記事に目を通してから、社説と平成初期の若者の生き方をテーマにした女性の人気作家の連載小説を読むことを楽しみにしていた。ちょうどその小説を読んでいる時に、和美が二階から下りてきて、

「お父さん、おはようございます。何時にお目覚めでしたか」

と声を掛けた。

「六時半だ。年を取ると早く目が覚めるのだよ」

「よく眠れた?」

「うん、和美さんが来てくれたから、安心して熟睡することができたのだよ」

「そう、よかったわ」

「和美さんはよく眠れた?」

「それがね、寝つきはよかったんですけど、夜中にふと目を覚ましてしまったのよ。やはりあの黒い影が気になっていたんですね」

「黒い影？」

「そうよ」

「黒い影とは、何よ。よく説明してくれないと分からない」

「そうね、これから説明するわ。昨夜、お父さんは、風呂から上がり、居間で一休みしてから、階段を上がっていき、床に就きましたね」

「そうだ」

「その後の出来事です」

「影がどうしたというのだ」

「私が風呂から上がり、髪の毛をドライヤーで乾かしている時、お父さんは私に声を掛けてから階段を上がって行きましたね」

「その通り」

「その後、私が和室に納めてあるお母さんの骨壺のほうに目を向けた時に、ふと辺りに冷気が漂い、黒い影が現れて、ふわりふわりと階段を上がって行ったのです」

「気のせいでしょう。悲しみと緊張が続いて神経が疲れていたからでしょう。階段にはライトがついているよ。その光が私の体にあたり、その影があたかも私を追い掛けるように、私の後に付いてきたのだよ」

「でも、お父さんが二階に向かって階段を上がってから、数分後の出来事です。あの影はお母さんの霊魂だと思います。まだ、この世に未練があって、成仏できないのだと思うわ」

「にわかには信じがたいが、そういうこともあるかもしれない」

「そう思うでしょう」

「うーむ。今日、十二時から四十九日の法要が行われるのだ。住職さんにお経をあげていただき、私たちも佐知子が成仏できるようお祈りすることにしよう」

「分かりました。早速、朝御飯を食べて、美春さんたちと一緒に市営斎場に向かうことにしましょう」

「よろしく頼む」

明夫はそう言って、遺骨の前に座り、線香を立て、両手を合わせ、深々と頭を下げた。和美が後に続いた。

九

四十九日の法要には近親者のみが出席した。十二時半にお経が終わり、住職が先頭に立ち、出席者一同はその後に続き、市営墓園に向かって歩き出し、高村家の墓の前に到着した。朝から降りしきる雨は、午後になってやっと小降りになってきたが、強風が吹き荒れていた。墓碑の係員が遺骨を墓に納めてから、線香に火をつけようとしたが、風にあおられて苦渋した。

「線香をたいて私を成仏させようとしても無理な話よ。私は孫たちがすくすくと成長していく姿を見たいのだからね。娘たちのことも心配だからね。夫の明夫さんも狭心症で苦しみ、毎日、五種類の薬を飲んで、何とか生き延びているけど、年を取っているから、いろいろ面倒を見ないと、どうなるか分からないわ。この世にはまだ未練があるからね。ねえ、係員さん、浮世の風は強いのですから、そんなに夢中になって線香をたこうとしなくてもいいのよ。分かったわね」

明夫は、佐知子がそう叫んでいるように思われてならないのだった。

しかし、その後、係員は首尾よく線香をたき、明夫が先頭に立ち、同行者たちは次々と線香をあげたのだった。

その後、忌明けの宴席において、明夫は出席者たちにお礼の言葉を述べた。皆は杯を交わしながら、在りし日の佐知子について語り合ったのだった。佐知子の思い出話は尽きなかったが、予定の時刻が過ぎたので、出席者たち一行は帰り支度を始めた。

東京在住者たちはタクシーに乗って最寄りの駅に行き、そこから電車に乗り換えて、自宅に帰って行った。湘南地区に住んでいる明夫は、利宏の運転する車に乗って、美春と雄太と一緒に自宅に戻った。

明夫は葬儀の時の白木の位牌を寺へ返し、黒塗りの本位牌と白木の仏像を仏壇に納めた。美春は左隣のテーブルの上に佐知子の遺影を飾った。

明夫、利宏、美春、雄太が新しい仏壇の前に座り、線香を立て、リンを鳴らし、住職の教えの通り、一斉に「南無《なむ》大師《だいし》遍照金剛《へんじょうこんごう》」と一斉に七回唱えて、佐知子が極楽浄土に行かれるよう祈ったのだった。明夫は、

「佐知子さん、高村家に帰ってきたのですよ。仏壇の前で、朝な夕な念仏を唱えて成仏できるようお祈りしますからね」

と言った。

十

金曜日の午後七時、居間で食休みをしている時に、電話が鳴った。明夫は重い腰を上げて受話器を取った。

「もしもし高村です」

「お父さん？」

真理の声だった。

「そうだ」

「あら、ちょうどよかったわ。明日の昼ごろ実家に行くからね」

「何か急ぎの用？」

「言いにくいことなんですが、『男やもめに蛆がわく』ということわざがあるでしょう。不慣れな掃除洗濯や料理の手伝いをしたいと思っているのよ。来週は和美が行くと思うわ。夕方には、美春が総菜を届けに行くから安心しているんだけどね。美春だけに任せておいては悪いと思っているのよ」

「ありがたい話だ。ところでひとみも一緒に来るの？」

「明日は学校が休みなので、ひとみも連れて行くわ」

「そうか。それは嬉しい。二人で来るのを楽しみにしているよ」

「昼御飯を食べないで待っていてね。ファストフードの店でお父さんの好きなハンバーガーとフレンチフライポテト、それにサラダを買っていくわ。コールドドリンクもね。一緒に食べましょうよ」

「うん、分かったよ」

「では、お元気でね」

そう言って、真理は電話を切った。

土曜日、真理はひとみを連れて、時間通りに実家を訪れた。

明夫は真理とひとみと共に、テーブルを囲んでファストフードの味に舌鼓を打った。

食休みしながら、明夫はひとみの小学校の授業について関心を持ち、

「ひとみちゃん、一番好きな科目は何ですか?」

と尋ねた。

「体育です」

間髪を容れずに返事が帰ってきた。

明夫はその返答に納得した。常日ごろ、ひとみは陽気で活発な女の子であったからである。

真理の話によれば、ひとみは体操教室に通い、折に触れて、真理と一緒にインドヨガの教室にも通っているということだった。

「インドヨガの教室でどんなことを教わったの?」

明夫は興味を持って尋ねた。

「ハンドスタンドです」

「ハンドスタンド?」

「倒立です。キッズヨガ倒立ですよ」

真理が口を挟んだ。

「そうか逆立ちのことか」

明夫がそう言うと、ひとみは、

「おじいちゃん、教室で教わった通り、ここで逆立ちしてもいい?」

「うん、いいけど狭い部屋だから気を付けてね」

明夫は目を輝かせて言った。

ひとみは目の前で物の見事に逆立ちをやってのけたのだ。

明夫は拍手を送った。

「ひとみの逆立ちにはびっくりしたね。子どもは無限の可能性を秘めている。

将来が楽しみだね」

明夫と真理は楽しそうに笑った。

掃除洗濯が終わってから、真理は夕食の準備を始めた。彼女は学生時代の頃から手料理でわが家の来客をもてなしたものである。台所に中元の頂き物、食用なたね油があるのに気が付き、彼女は、

「お父さん、今夜は飛び切りおいしい天丼を用意するからね。どこか高級の和風の店に行ったつもりで召し上がってね」

と笑いながら言った。

真理は近くのスーパーで買い込んだ天ぷら料理の食材を持って台所に入って行った。その間、明夫とひとみは、近くの新林公園に出掛けた。

その日の高村家の夕食会には利宏、美春、雄太が参加し、明夫は久しぶりに真理の手料理による天丼を食べたのだった。その席では、ひとみのハンドスタ

ンドの話で持ち切りだった。

真理が帰ってから数日後、美春が総菜を持って来た時に、明夫は美春から奇妙な話を聞いた。実家に泊まった日、真理は真夜中に白っぽい衣服を羽織った佐知子が階段の踊り場から二階に上がってくる姿を見て、一瞬、眩暈に襲われたというのだ。

「それは一種の幻覚だったのではないか」

と明夫が言うと、

「いいえ、一瞬の出来事でしたが、母の姿をはっきり見たというのよ」

「うーむ。分かった。それなら、次には美春さんの前に現れるかもしれないね」

「そうね、私もこの目でお母さんの姿を見たいのです。でも、お母さんが娘たちの前に現れるということは、まだ成仏していないということですよね」

「うーむ」

「私、毎朝毎晩、ご霊前でお母さんが成仏するようお祈りするわ」

「ありがとう。お願いするよ」

明夫がそう言うと、美春は早速仏壇の前で線香をあげた。

次の日の夕方、美春は仏壇の前に新鮮な菊の花を生け、生前佐知子が好きだった茶菓子を供えて、

「お母さん、今晩は。ご霊前に秋田県の郷土菓子、一口《ひとくち》バター餅と宮古島の雪塩を使用したちんすこうを供えたからね、どうぞ召し上がって下さいね」

と話し掛けるのだった。

明夫は、美春が亡き母をこれほどまで慕っているとはとても思い及ばなかった。

佐知子は、娘たちが就職して一人前になり、さらに結婚するまで、いつもよく面倒を見てきたものだ。贅沢な暮らしは一切せず、ただひたすら娘たちの健

全な成長を願っていたのだ。娘たちは佐知子の死後、そのような生き方に深い感銘を受けたのではないだろうか。明夫はこのごろつくづくそう思うようになったのである。

十一

七月七日、娘たちの協力を得て、佐知子の四十九日の法要が執り行われた。明夫は施主として何とか重要な役目を果たすことができた。しかし、かけがえのない人を亡くしたという虚脱感に襲われて、数日間、呆然と過ごしていた。

一週間後の朝、明夫は指定収集袋に可燃ごみを入れて、玄関の外に出し、その後、郵便ポストの中から取り出した朝刊を持って居間に戻った。その朝刊の間に色刷りのちらし広告が入っていた。彼はその広告の中にお盆を迎えるにあたって用意すべき品目が書かれてあることに気が付いたのである。

「あっ！　そうだ。佐知子の死後初めて迎えるお盆だ」

と明夫はつぶやいた。

明夫は三人の娘たちに相談して新盆を迎える準備をすることにした。

その前に、明夫は『慶弔辞典』に目を通した。その中に、

「四十九日の法要からあまり月日が経っていない時には、新盆の法要を省略するのが通例である。」

と書かれていた。

明夫は仏壇の前に盆棚を作り、八月十三日の迎え盆から十六日の送り盆まで、略式の新盆の行事を行うつもりだった。そこで明夫は美春に頼んで、真菰《まこも》、麻がら、模造のナスとキュウリで作った牛や馬などを発売元から取り寄せた。

数日後、明夫は美春と一緒に盆棚の飾り付けを始めた。その時、美春は、

「お父さん、住職さんにお経をあげていただくようお願いしてあるでしょうね」

と尋ねた。

「いいえ、四十九日の法要から月日が経っていないので、私たち高村家と娘

と孫たちだけで新盆の行事を行いたいと思っているのだ」

「でも、和美さんがぜひ住職さんにお経をあげていただきたいと言っているのよ」

「うーむ」

「実はね、和美さんは、お母さんがまだ極楽浄土に行っていないのではないか、と心配しているの。つまり、お母さんはまだ成仏していないから影となって現れたり、白い衣服を羽織って廊下に出没するのではないか、と心配しているのよ。だから、住職さんに来ていただいて、お経をあげてもらいたいと思っているんだわ」

「うーむ、そうか。では、今すぐにお寺に電話をかけて、その旨、伝えることにしよう」

そう言って、明夫はその場で寺に電話をかけて、住職に来てお経をあげていただくよう依頼したのだった。

「お父さんはいったん決心したらすぐに実行するわね」

「うん、若い頃、アメリカに留学した時に、私の指導教授は頼み事をすぐさま実行してくれたのだ。非常に鮮やかな采配ぶりだった。私はその先生を見習って、できることはすぐに実行することにしているのだよ」

明夫はそう言って笑った。

お盆は僧侶の一番忙しい時だった。しかし、明夫の熱意にほだされて、八月十三日の午前十一時に、白張りの新盆提灯《ちょうちん》を携えて、担当の住職が法衣をまとって高村家を訪れたのだった。高村家および近親者は、住職にお経をあげていただき、佐知子が極楽浄土にたどり着くことができると思い、やっと安堵の胸をなで下ろすことができたのだった。

住職が帰ってから、和美は、

「もう、お母さんは黒い影となって、私の前に現れることはないと思うわ」

と言った。真理は、

「そうね、もう白っぽい衣服を羽織って、お母さんが私の前に現れることはないでしょう」

と言って、溜め息をついた。

「それはね、亡き佐知子を慕うあまり自分の心象風景が幻覚症状となって現れたのだと思うよ。今日、住職さんと一緒にお経をあげたのだから、もう心配はいらないよ」

明夫はそう言って大きく呼吸した。


その夜、三人の娘たちは仏壇の隣の部屋で一緒に眠ることになった。

明夫は、

「高校時代のバドミントン部の合宿生活を思い出すよ」

と言って笑った。

「真理さんと和美さんはお母さんの影や姿を見ているでしょう。私だけ何も見ていないのよ。三人が揃ったらお母さんの影か姿が現れると思うのよ」

美春は真面目な顔で言った。

翌朝、美春は、

「お父さん、夜中に目を覚ましたけど、お母さんの影も姿も現れなかったわ。お姉さんたちの前には現れたというのに！」

と言った。

「佐知子は姉も妹も区別なく同じように愛していたと思うよ。あまり気にしないほうがよい」

「そうかしら」

「大丈夫。佐知子は一視同仁の心で娘たちに接していたよ。今、佐知子の霊を仏壇の中にお迎えしているでしょう。彼女の霊は私たちを見守っているのだ。当然、美春のこともね」

明夫が言った。

「そうね、私たちはお母さんの御霊と共に送り盆まで静かに過ごしましょうね」

美春は納得した表情を浮かべた。

十六日の夕方、高村家（明夫、利宏と美春と雄太）、真理とひとみ、和美と昭平の八人は玄関先で送り火を焚いてから、ワゴン車に乗って、佐知子の霊を墓園まで送ったのだった。西空の雲間から、夕日の光芒が赤々と墓碑を照らしていた。

帰り際、明夫は夕空を眺めながら、

「明日は晴れるだろう」

とつぶやいた。

佐知子はボランティアとして近くの保育園で子どもの世話をしていたことがある。人一倍子どもが大好きで、ひとみ、昭平、雄太の三人の孫たちをとても可愛がっていた。亡き佐知子が住んでいた居間に入った人は誰でも驚くであろう。四方の壁に孫たちの絵や書がびっしりと貼り付けられてあるのだ。また三人の孫たちが連名で、「祝敬老の日」と書いたのし紙が年月順に貼り付けられてあるのだ。飾り棚には孫たちのスナップ写真があふれている。その脇に小振りの鯉のぼりが立てられてある。ピアノの上には七三五の写真が整然と並んでいるのだ。

明夫は新盆が過ぎてから、壁に貼り付けてある絵や書については代表的な水彩画を数点だけ残し、その他のものは整理だんすの中に大事に保管しておくつもりだった。

その日の午後六時に、美春が夕食の総菜を持って居間に入って来て、

「お父さん、今夜は肉料理です。年を取っても肉を食べたほうがいいと言い

ますからね」

と言って笑みを浮かべた。

「病気に罹る前にはレアのサーロインステーキをむさぼるように食べたものだ」

明夫は現役時代を思い出して言った。

「もう病気が治ったことだし、お肉を食べて、いつまでも元気でいてね」

「ありがとう。ところでちょっと話があるんだがね」

「はい、なんですか」

「新盆前に西岡造園株式会社に庭木の剪定を頼んだでしょう。その時、西岡さんを応接室に案内しようと思ったのだが、あいにくエアコンが故障していたので、やむなく彼を居間に案内したのだ。彼は部屋を見回して、びっくりした表情を浮かべた。『高村さんはお孫さんが三人いて、敬老の日にはいつもお祝いのプレゼントをいただいているのですね。楽しい老後の日々を送っているようでうらやましいです』と言って苦笑していたよ。もうそろそろこの部屋を片付けようと思っている。四方の壁には水彩画を数点残し、あとのものは整理だんすの中に大事に保存しておこうと思っているんだ。どうかね」

明夫は常日ごろ考えていたことを言った。

「いけないわ。この居間はお母さんのお気に入りの場所だったのよ。外聞が悪いと思ったら、他人をここに入れなければいいのよ」

「そう言うと思っていた」

「乱雑な部屋だと思ったら、書や絵をきちんと張り替えたり、飾り棚の中の写真を類別して並べておけばいいでしょう。古くなった鯉のぼりを部屋の隅っこに立てておくのもいいですよ。身内の者だけだったら、子どもの五歳の頃を思い出し、話に花が咲くでしょう。これらの展示物を片付けてしまったら、お母さんは成仏することができず、夜中に影となり、白っぽい衣服を羽織ったりして、お父さんの前に現れますよ」

美春は早口でまくしたてた。

「分かったよ。部屋の中を整理整頓して見栄えがするようにしておこう」

「それだけならいいわ。お母さんは子どもが大好きですから、この部屋の書や絵や写真を大事に保存しておきましょう。どうして小さな子どもを殊のほか大切にするんでしょう」

「佐知子には、特別な出生の秘密があるんだ」

「何ですって?」

「佐知子はね、双子だったのだよ」

「そのことは聞いているわ」

「生まれて二年たってから、双子の一人、佐和子が病気で亡くなってしまったのだよ」

「悲しい話ですわ」

「そうだろう。佐知子は私と結婚してから数日後、私にしみじみとその経緯を語ったことがあるのだ」

「どんな話？」

「佐知子は物心がついてから、改めて自分が双生児であり、同い年の妹が急性の感染症で死亡したことを知らされたのだ。その夜、佐知子は枕に顔を埋めて泣き崩れ、蕾のまま花も咲かずに亡くなった妹の佐和子の非運を嘆いたそうだ。そして妹に代わって長生きしようと心に誓い、日ごろ、自分の健康に注意し、結婚してからは特に幼子《おさなご》を大切に育てようという気持ちが強くなったようだ。佐知子は七十の坂を越えてからもすこぶる元気だった。保育園では嬉々として幼児の世話をし、充実した生活を送っていた。明るい性格で、笑顔を絶やさない人だったがね。本心を打ち明ければ、私より長生きしてもらいたかったのだよ」

そこまで話してから、明夫は深い溜め息をついた。

「そうですね。お母さんのほうが早く亡くなってしまいました。これも定めと諦めましょう。お父さんには雄太の英語の勉強の面倒を見てもらっているから、これからも長生きしてね。今回は、雄太が英検五級の試験に合格したわ。お父さんのご指導のお陰よ」

「そうか。読み書きは達者だが、英語を聞き取る力が弱いと思って心配していた。よかった。おめでとう。次は四級に挑戦するんだな」

「はい、雄太にもよく言っておくわ」

「合格通知を佐知子に見せたら、喜んだろうね。その時の光景が目に浮かぶようだ。早速、佐知子はにっこり笑って、その通知表をこの部屋の壁に貼り付けたと思うよ。もっと長生きしてもらいたかったね」

「私もそう思うわ」

二人は残念そうに四方の壁を眺めた。

「それからね、雄太は卓球部員になったのよ。先週、市内の対校試合があって、九十人中十六位でした。初めて試合に出場した選手としてはまずまずの成績だったと思わない?」

「うーむ。これから練習を重ねればもっと上達するだろう。雄太はスポーツの才能があると思うよ。そうだな、この居間は広いから、卓球台を置くことができるだろう。ここで練習したらどうだね」

「卓球台を買ってくれるの?」

「そういうことだ」

明夫は喜びの余りについ口を滑らせてしまったのである。もう後に引けなかった。

三日後、関口スポーツ店から電話があり、次の日の午前十時に卓球台を届けてくれることになった。そのことを美春に知らせると、夕方、彼女は喜んで居間に現れ、

「お父さんありがとう。雄太も喜んでいます。早速、お母さんに知らせましょう」

と言った。美春は仏壇の前に座り、

「お母さん、こんばんは。極楽浄土で楽しく過ごしておりますか。今宵は嬉しいお知らせがあります。先日、雄太が市内の卓球大会でよい成績を収めたので、お父さんが卓球台を買ってくれることになりました。雄太も今後、部活で一生懸命に頑張ると言って喜んでいます。居間には卓球の音が鳴り響いて少しうるさいと思いますが、雄太とパパの利宏が練習試合をやりますからご覧になって下さいね。では、明日、またお母さんのご霊前に花を生けにまいります」

と言って、線香を立て、リンを鳴らし、深々と頭を下げて、帰って行った。

明夫は若い頃にアメリカに留学し、週末にフレンドシップファミリーを訪問した時に、広々とした居間に案内され、そこで家族や友人たちと共にソファーに座り、歓談していた時に、自分も家を建てる機会があったら、このような広い部屋がほしいと思ったのである。そこで念願がかなって家を建てた時には、特別に居間だけを広くしたのだった。彼は遠い昔のことを思い出しながら、卓球台が届くのを今や遅しと待ち受けていた。

次の日、やっとセパレート式卓球台が届き、明夫はささやかな満足感に浸ったのだった。

明夫は日曜の午後一時から二時半頃まで雄太に英語を教えていた。

雄太は居間に入り、大きなバッグの中から教科書や辞書やノートを取り出してテーブルの上に並べ、椅子に座ってから、

「さあ、おじいちゃん、英語の勉強を始めましょう」

と言った。明夫はけなげな子だと思った。しかし、前半のレッスンが終わり、中休みの時間になると、バッグの中からゲーム機を取り出し、目を凝らして画面を見詰めているのだ。この様子を見て、雄太がゲームを続けるのなら中休みをする意味がなくなる、と明夫は思ったのだった。レッスンが終わってから、明夫は美春に電話をかけて、雄太は勉強の合間に何をしているのかと尋ねると、

いつもゲーム機を使用して遊んでいると言うのだ。雄太は育ち盛りの中学生で、人生において最も大切な時期を迎えている、と明夫は思った。そこで「健全なる精神は健全なる身体に宿る」という言葉を思い出し、雄太が卓球部で活躍しているという話を聞いた時に、「わが家に卓球台を設置しよう」というアイデアがひらめいたのである。ゲーム中毒になれば、雄太は心身ともにむしばまれると、常日ごろ明夫は心を痛めていたのだった。ただ仲間同士の付き合いもあることだから、時間を決めてゲーム機を使用するよう雄太に伝えるつもりだった。

年金生活者の明夫にとって、出費が予定よりかさんでしまったが、何とかやりくりすれば生活することができると思った。そんなことよりも、明夫は一日も早く、この居間で雄太たちの卓球大会が行われることを待ち望んでいた。

九月二十三日の彼岸の中日の前後に、娘や孫たちが亡き佐知子のお墓参りに来ることになっていた。早速、九月二十一日の午後に、長女の真理と孫のひとみ、二女の和美と孫の昭平、三女の美春と婿の利宏と孫の雄太の七人が実家に勢揃いした。

一同は利宏の運転するワゴン車に乗って、市営の墓園に着き、墓碑の前で生花を供え、線香をあげて、亡き佐知子の霊に祈りをささげたのだった。

お墓参りの後で、一同は明夫の居間に集合した。明夫は、

「佐知子の追善供養のため、ここで卓球大会を行いたいと思うが、賛成してくれるかね」

と提案した。

「賛成！」

一同は口を揃えて言った。

「ありがとう。では決まった。利宏さん、卓球台を設置してくれ」

「よしきた」

利宏はセパレート式の卓球台を手際よく組み立てた。

「利宏さん、ありがとう。後は任せるよ。あなたの采配で卓球の試合をやってほしい」

「お父さん、多分、初心者が多いと思いますから、初めに私が順番に六人と練習し、その後で試合を行ったらどうでしょうか」

「よろしくたのむよ」

明夫は佐知子の遺影を抱えて部屋の隅に座った。


利宏は地方のテニス大会で優勝したことがあり、若い頃には卓球の選手として活躍したスポーツマンである。

真理は中高生の頃に卓球部に所属したことがあり、利宏と真理の練習は迫力があった。

和美と美春は中高生の頃にバドミントン部に所属しており、現在でも運動能力はまだ衰えず、利宏と彼女たちの練習も見ごたえがあった。

昭平は中学生の頃に野球部の選手だった。利宏と昭平の練習は活力がみなぎっていた。

雄太は中学の一年生で、卓球部に所属しており、利宏と雄太の練習はまさに本番の試合のようだった。今後、二人は息づまる熱戦を繰り広げるであろう。

ひとみは小学生で、体操教室に通っている活発な児童だ。利宏とひとみの練習風景は実に微笑ましい。ひとみの無邪気な大胆なプレーは大人を元気づけた。

卓球の練習が終了してから、一同は和美を残し帰途に就いた。和美は一泊して、翌日、この家に六人の客を迎える準備をすることになっていたのである。

十二

六人の客―姪の敏子、敏子の次男の勝、勝の妻の由理子、次男夫婦の子どもたち――洋（七歳）、桜（五歳）、勇（三歳）。勝は敏子が自慢する息子だ。栃木県の高校代表で一番バッターとして甲子園で活躍した選手である。由理子は高校時代に陸上競技部で活躍した短距離ランナーである。勝は息子の洋がプロの野球選手になることを望み、まず地元のリトルリーグで活躍することを期待しているようだ。

九月二十二日、十二時四十分、敏子はワゴン車に乗り、息子夫婦と孫たちを引き連れて、明夫の家の玄関先に現れた。明夫は一行を応接室に案内した。

「叔父さん、この度は叔母さまのご逝去をお悔やみ申し上げます」

敏子は連れの一行と共に、丁寧にお辞儀をした。

「遠路はるばるお出で下さり、ありがとう。佐知子は草葉の陰から喜んでいると思うよ。一休みしてから線香をあげて下さい」

明夫がそう言っている時に、和美が応接室に入ってきて、一行のテーブルの上に冷たい飲み物を配って、

「皆さん、のどがかわいたでしょう。どうぞお飲み下さい」

と言った。

「ありがとうございます。いただきます。予定より遅れてしまってごめんなさい。今日は天気がよいので、箱根の山で途中下車し、富士山を背景にして写真を撮ってもらったのよ。めったに見られないような美しい富士山が眼前に聳え立っていたので、感極まってその辺を散策していたのです。朝早く出発したので、たっぷり時間はあると思ったのですが、今日は日曜なので、国府津あたりから交通が渋滞してしまったのです」

「一時間も二時間も遅れてしまったわけではありませんから、ご心配はいりません」

和美は敏子の立場を慮《おもんぱか》って言った。

敏子はのどを潤《うるお》してから、一行を引き連れて、隣の部屋の仏壇の前に座った。

「本日、私たち一行六人は叔母さまの御霊を慰めるためにまいりました」

敏子はそう言った。一行は順番にお花をささげ、線香をあげた。

敏子はさらに話を続けた。

「叔母さまは高校野球を観戦するのが大好きでしたね。勝が甲子園に出場した時にはテレビを観ながら、勝のチームを応援してくれてありがとうございました。感謝の言葉を述べるために勝を連れてまいりました。叔母さまの家を訪ねたのは六年前でしたね。その時に一歳だった洋は七歳になり、小学生です。月日のたつのは早いもので、その後、桜と勇が生まれました。嫁の由理子は子どもたちの面倒をよく見てくれます。根っからの子ども好きだった叔母さまがお元気でしたら、さぞ可愛がってくれたことでしょう。そう思うと残念で涙がこぼれます。極楽浄土に行っても、私たちの行く末を見守って下さいね。これからもスポーツ一家として頑張ります」

一行は深々と頭を下げて応接室に移動した。

和美は応接室のテーブルに宅配の大人用の握り寿司とおもちゃ付きの「お子さま握り」を並べて、

「皆さま、本日は亡き母のご焼香にお出で下さりありがとうございました。ここにお礼の膳を用意しましたのでどうぞ召し上がって下さい」

と言った。

「さあ、皆さん、お腹がすいたことでしょう。子どもたちのご膳を別に用意してあります。遠慮しないで食べて下さいね」

明夫は子どもたちに優しい眼差しを向けた。

桜と勇は、

「やあ、おもちゃがある」

と言って、飛び上がって喜んだ。

一行は佐知子の思い出話をしたり、マグロがおいしいとか、エビは独特の風味があるとか言って食べた。子どもたちはいなり寿司やのり巻きを好んだ。

昼食後、前回と同じように、和美が明夫を囲んだ一家六人の写真を撮った。次は明夫と勝が握手をしている写真だ。子どもたちが次々と明夫と握手したいと言い出した。明夫はこんな幸せな時はないと思い、目を細めた。佐知子が元気だったら、子どもたちから握手を求められただろう。そう思うと、目頭が熱くなった。

一行はしばらく懇談して帰って行った。

十三

秋分の日は過ぎ去り、十月を迎え、めっきり涼しくなってきた。

十月中旬の土曜日、雄太は市の東部地区の卓球大会に出場し、三回戦まで勝ち抜いたが、四回戦で負けてしまったと言って、とても悔しがっていた。そこで雄太は上手な人と練習しなければ強い選手になれないと思い、明夫は日曜日に雄太と父利宏が練習試合をすることを提案したのである。

翌日、午前十時、利宏、美春、雄太の三人が明夫の家の卓球場に集合した。明夫は一同を喜んで迎え入れた。初めに一同は仏壇の前に座った。明夫は線香をあげてから、

「佐知子さんの御霊《みたま》にご報告いたします。この脇の部屋の卓球場で利宏さん

と雄太君が練習試合を行います。雄太を優秀な選手に育て上げたいと思っているのです。どうぞ雄太の成長を見守って下さい。利宏さんも雄太君を優秀な選手にするよう頑張っています」

明夫の報告が終わってから、美春が線香をあげて、

「お母さんの御霊に申し上げます。これから雄太が利宏さんと練習試合を行います。雄太が強い選手になるよう応援して下さいね。お母さんは高校野球を観戦するのが大好きでした。これから卓球の試合を観戦してね。雄太は練習熱心だから、近い将来、優秀な選手になると思います。浄土から雄太に声援を送って下さるようお願いします」

美春は目に涙を浮かべていた。

明夫は佐知子の遺影を胸に抱えて、卓球室の隅に座った。美春が審判員の役目を果たすことになった。

美春は試合開始を宣言した。

二人は熱戦を繰り広げたが、思ったより早く試合の決着がついた。予想していた通り試合巧者の利宏が勝利を収めたのだ。第一セットは11対6、第二セットは11対7、第三セットは11対8だった。第三セットでは、雄太は尻上がりに調子をあげて、激しいラリーの応酬を続け、主導権を握っていた時もあったが、しかし結局、サービス戦術にたけた利宏に負けてしまったのだ。初級者である雄太は善戦したと言える。

親子の練習試合が終わってから、明夫は利宏に向かって、

「雄太は初級者にしてはだいぶ上手になったように思うが、サービスを苦手としているようだね。仕事の合間にサービスの特訓をして下さいよ」

と頼んだ。

「うーむ。そうですね。勝利を目指す者はサービスを大切にせよ、と言いますからね。まずサービスの練習をしてから、次にフォアハンド、バックハンド、ドライブ、スマッシュなどの打撃法を学び、それからラリー練習を行うようス

ケジュールを組んで、しっかり指導しますよ。せっかく公認の卓球台を購入してくれたんですから、その行為を無にしないよう息子の指導に当たります」

利宏は強い決意を表明した。


雄太は約一カ月の間、利宏から現代卓球の打法やサービスやレシーブなどの特訓を受け、試合に強くなる戦法を学んだ。親子の努力の甲斐あって、雄太は十一月の市の東部地区大会でよい成果を収めることができたのだ。三位になったのである。

雄太から試合の結果の報告を受けてから、明夫は利宏夫妻と雄太を夕食会に招待した。

午後六時、一行は駅前の洋食の店を訪れた。雄太はサーロインステーキを食べたいと言った。

「そうだ。雄太の入賞祝いの夕食会だからね。サーロインステーキを注文しよう」

と明夫は提案した。

「賛成！」

一行は異口同音に答えた。

間もなくお絞りが配られた。その時、美春は涙を浮かべて目を下に向けた。

「どうした？」

明夫は尋ねた。

「この店はお母さんが亡くなる前に最後に食事をした店なんです」

「そうだったね。佐知子は目の前の料理に手を付けずに、おいしそうに食べる雄太の顔をむなしげな表情で見詰めていたよ。その時の彼女の心中を察すると、可哀相で胸が張り裂けそうになった。今、考えれば病魔に冒されていて、彼女の体が食べ物を受け付けなかったのだね。半月前にはよく食べていたのになあ。病状が急変したんだよ。悲しいことだ」

そう言って、明夫は短い沈黙の後で、

「しかし、これから雄太君の入賞を祝う夕食会を開催しようとしてこの店に来たわけだから、ここで亡き佐知子の霊に祈りをささげて、本来の会に切り替えようよ」

明夫は雄太の気持ちを察して言った。

「ごめんなさい。そうだったわね」

美春は涙をぬぐいながら言った。

「いいんだ。美春の気持ちはよく分かるよ」

明夫がそう言った後で、一行は佐知子の御霊に祈りをささげ、一区切りをつけてから、雄太の入賞を祝うことになった。

雄太は中学一年生で、育ち盛りである。食欲旺盛！　サーロインステーキを平らげ、デザートを食べ始めた。

「雄太君はよく食べるね、元気な証拠だ。背が伸びて、だんだんたくましくなってきたね。これからよく勉強し、そして体を鍛えて卓球の名選手になるんだよ。文武両道だ。頼もしいな」

明夫は心を込めて言った。

「おじいちゃん。卓球台を買ってくれて、ありがとう。お父さんと練習試合をして頑張るよ」

雄太は微笑を浮かべた。

「うれしいことを言ってくれるね」

明夫は声を上げて笑った。

十四

十月の中旬に、明夫が住んでいる湘南地域の一丁目と二丁目の自治会主催の懇親パーティーが北公園で行われることになっている。ここは昭和の時代に開発された住宅地なので、伝統的な祭りの行事はなかった。そこで同じ地域に住む親子が集まって楽しむ機会がなかったので、祭りの代わりに自治会主催の懇親パーティーをするようになったのである。生前、佐知子は子どもたちを連れてこのパーティーに参加することを楽しみにしていた。三人の娘たちは揃いの衣服を着飾って出掛け、会場で配られた菓子やおもちゃの袋を手に下げて帰ってきたのだった。

時が過ぎて、娘たちは結婚して、家から出て行った。幸運にも三女の美春が歩いて数分のところに住んでおり、自治会の役員をしていたので、地域の情報を収集することができた。懇親パーティーには親子で参加する。いつも幼稚園児や小学生が多いので、自治会では菓子やジュースを用意する。そこで役員たちは事前に菓子の袋詰めをしなければならないのだ。地区の市民の家を予約することができなかったので、明夫の家の応接室で袋詰めの作業をすることになった。一人暮らしの明夫は、自治会の役員たちが談笑しながら袋詰めする光景を見るのも楽しいだろうなあと思って、その日が来るのを楽しみにしていたのである。

美春は大学を卒業してから、大手スーパー本社のバイヤーとして働いていたので、商品の買い付けには慣れていた。彼女は数日前から、菓子やジュースなどを購入し、明夫の家の応接室に運んでいた。自治会の役員たちは六十代と七十代の女性たちが多かったが、美春は四十代で活力があるので、他の役員たちから頼りにされていた。

数日後の午後二時、明夫の家の応接室で、自治会の役員たちは菓子の袋詰めの作業を始めた。明夫は頃合いを見計らって応接室に入り、

「皆さん、本日はお疲れさまです。いつも美春がお世話になりお礼申し上げます」

と言った。

「お礼だなんて、とんでもないことです。美春さんのお陰で袋詰めの作業が順調に進んでいます」

七十代と思われる気品のある女性が言った。

「それならいいんですが。私もお手伝いをしましょうか」

「いいえ、ご心配はいりません。私たち四人で頑張ります」

「そうですか。では、失礼します」

明夫は隣の居間に移動した。

約一時間後、袋詰めの仕事が終わり、三人の役員たちは帰って行った。

美春は居間に入って来て、

「お父さん、応接室を使用することができてありがたかったわ。役員たちは何の遠慮もなく、わいわいがやがや話し合いながら、順調に作業をすることができました」

「それならよかった。皆さん、気さくな人柄の人たちだね」

「そうよ。それからね、応接室に外国の写真や絵が掛けられているので、お父さんがどんな職業に就いていたのか、と私に尋ねていたわ」

「それで、何と答えたの?」

「外国に関係がある仕事をしていたと答えたわ」

「だいぶ漠然としているが、まあ、そんなことだね。外国語担当の教員をしていたわけだからね」

明夫は思わず笑った。

「それからね、お父さんの年齢に関心があったわ」

「皆さんに会ったんだから、想像がつくでしょう」

「そうね。八十代の後半と言ったら、もっと若く見えると言っていたわ」

「ありがとう。最近、個人情報を尋ねるのはよくない、と言われているが、人間は元来俗物だから、職業や地位や年齢などを聞きたがるものだよ」

明夫は苦笑した。


十月十五日の夕方、美春が居間につかつかと入って来て、

「お父さん、明日は必ず出席してね」

と言った。

「どこに?」

「決まっているでしょう。自治会の懇親パーティーですよ」

「ああ、忘れていた」

「困るわね」

「必ず出席するから安心しなさい」

「雄太と利宏さんも出席するからね」

「それでは三人で揃って出掛けるよ」

「もう一人大切なお方がいるわ」

「どなた?」

「このお方です」

美春はお守りを明夫に渡した。

「お守りね」

「そうです。このお守りをお母さんだと思って大事に持って行って下さい。これで四人が揃ったことになります。お母さんを連れて行かないと可哀相でしょう」

「そうだね。肌身離さず持って行くからね」

「ありがとう。では、明日、午後二時に北公園でお会いしましょう」

美春は安堵の表情を浮かべて帰って行った。

翌日の午後二時、明夫は利宏と雄太を伴って、北公園のパーティー会場に到着した。受付係の美春が、

「矢っ張り来てくれたわね」

と笑顔で迎え入れてくれた。一行は美春から缶ジュースと袋詰めの駄菓子を受け取って、ステージの近くの椅子に座り、辺りを見回した。左の山の麓ににわか作りの小屋があった。そこには、老人たちを呼び込んでマッサージのサービスをしてくれるベッドが並べられていた。

間もなく、ステージにおいては、同好の女性たちによるフラダンスが行われようとしていた。雄太はハワイの民族舞踊を観るのは初めてなので、興味津々たる眼差しでステージを見守っていた。

司会者が、

「ただ今より湘南清風会の皆さんがハワイの民族舞踊を披露いたします」

と言った。

ステージの上の女性たちはハワイアン音楽に合わせて手や腰をくねらせながら踊り始めた。

雄太はレイを首にかけ、派手な衣装をまとった中年の女性たちが笑みを浮かべて踊る姿を目を凝らして見詰めていた。空中には、彼女らの踊りを祝福するかのようにトビが輪を描いて飛び回っていた。

踊りが終わってから、明夫は雄太に向かって、

「どうだった。面白かった?」

と尋ねた。

「音楽と踊りがうまく合っていた。踊りも面白かったけど、音楽が素敵だったよ。みんなうちのママと同じくらいの年のお母さんたちだね」

雄太は的確な感想を述べた。

その後、三十分ほど休憩の時間に入った。明夫はマッサージの順番がきたので、肩の凝りをほぐしてもらうために、マッサージ室に入って行った。

「よろしくお願いします」

と言って、明夫は椅子に腰を掛けた。

「分かりました。昨年、私の治療室に来ていただいたことがありますね。その後、体調はいかがですか」

マッサージ師の村山高明は笑顔を見せた。

「はい、相変わらず右の肩が凝っています」

「そうですか。では、右の肩の凝りをほぐし、それから腰部や体全体のマッサージをしましょう」

彼は手際よく筋肉や皮膚をもんでくれた。わずか十五分で、肩や腰部の凝りをほぐし、体全体の新陳代謝をよくしてくれた。明夫は快適な気分になってステージの前の席に戻ってきた。

村山治療院は五丁目の丘の麓にあった。昨年の夏、村山マッサージ師の治療を受けたことがあった。しかし、途中、急な坂があり、上り下りがつらかったので、足が遠のいてしまったのである。Ｆ市はは り、きゅう、マッサージ治療ができるように、高齢者に助成券を配布していた。明夫はこの助成券を利用するために村山治療院を訪れたのだった。

今日、明夫は北公園で再び村山マッサージ師のお世話になったが、村山は、

「本年から、予約すれば、自動車で送り迎えをすることになりましたので、ぜひお出で下さい」

と言って、明夫に案内書を手渡した。明夫は、老人たちが急な坂を上り下りするのは大変だということを村山マッサージ師が実感したのだなあと思った。

休憩時間に美春が明夫の前に現れて、

「お母さんにフラダンスを見せてあげたでしょう。次はビンゴゲームを一緒に楽しんでね。お母さんのお守りを首に掛けているよね」

と言った。

明夫はどぎまぎしながら、ポケットの中からお守りを取り出して、首に掛けた。

「やっと安心したわ。お母さんといつも一緒にいると思って下さい」

美春はほっと一息ついて役員室に戻った。

利宏と雄太はビンゴゲームで好成績をあげたが、明夫の成果はかんばしくなかった。

雄太はビンゴゲームの景品を小脇に抱えながら、

「おじいちゃんは運が悪かったんだよ。ぼくの景品を半分あげるよ」

と言った。

「ありがとうよ。雄太は何とよく気が回る子だろう」

明夫は感動して胸が熱くなった。

明夫は利宏と雄太を伴って帰宅の途に就いた。陽は西に傾き、秋風が三人の頬を撫でていった。

十五

街路樹の銀杏も色づき始め、ゆく秋のさみしさ身にしみる頃となった。明夫はスーパーで買い物をして、家に帰る途中、郵便局の前を通った時に、

「そうだ。喪中の挨拶状を送らなければならない」

とつぶやいた。

明夫は日ごろ元気だった佐知子が、自分より先に逝くとは夢にも思わなかった。しかし、厳しい現実を思い知らされた。あれよあれよという間に、悪性の病魔に冒されて、彼女は亡くなってしまったのである。

佐知子の永眠に際して、明夫は内々で家族葬を行ったので、喪中の挨拶状を投函した時に友人や知人たちはさぞかし驚くだろうと思い、気がとがめたの

だった。

十二月上旬から中旬にかけて、明夫はごく親しい間柄の友人や知人たちから、真情がこもったお悔やみの手紙やお供物やご香料を頂いた。旧制の大学予科時代から今日まで、刎頸《ふんけい》の友として交際してきた坂井孝一の手紙を読んで、明夫は強く感動した。

孝一は心のこもったお悔やみの言葉を述べてから、「私は二歳五カ月で生母に死別し、困った時には心の中で相談して今日まで生きてきました。私が良心に恥じることなく今日まで過ごすことができたのは、亡き母のお陰だと思っています」と書きつづっていたのである。明夫は、孝一が幼少の頃に母と死別しているという話を聞いたことがあったが、彼が今日まで心の中で母と話し合って生きてきたということを知り、母の力は偉大なものだと感じ入ったのである。彼は由緒ある名跡を襲名した歌舞伎俳優である。

その時、明夫は、美春が朝晩訪ねてきて母の霊前に線香をあげていることを思い出した。

朝には、美春は、

「お母さん、おはようございます。これから会社に行きます。無事に仕事ができるようお守り下さい」

と話し掛けるのだ。

夕方には、

「お母さん、無事に帰ってきました。仕事は順調です。これから、学習塾まで雄太を迎えに行きます。雄太も一生懸命に勉強しています。どうぞ私たちをお守り下さい。ありがとうございます」

と美春は言って、両手を合わせ、祈りをささげてから帰って行くのだった。

明夫は孝一の手紙を読んで、信心深い美春の姿を思い浮かべたのだった。

さらに、明夫は北海道の女性から、三十年前の佐知子の面影を髣髴《ほうふつ》させるお悔やみの手紙を頂いた。その中に、

「思い返せば、昔、先生のご自宅に伺った際に、とても可愛らしい奥様にお会いした記憶があります。先生に対する所作や言葉などから、先生を本当に尊敬しているのだなと感じておりました」

という文章が書かれてあったのである。結婚して間もなく、田舎生まれの明夫自身も佐知子のしとやかな立ち居振る舞いや丁寧な言葉遣いに感心したのだった。後で知ったのだが、彼女の実家では小笠原流の礼儀作法を重視していたというのだ。「わたし」とは言わず「わたくし」と言うのだ。子供の頃、明夫は「おれ」と言っていたが、彼女と結婚してから、「私」と言うことにした。言葉遣いで夫婦間に違和感が生じないように心掛けたのである。佐知子は生まれた女の子に、明夫を「お父さま」と呼ぶようにしつけ、自分もそう呼んだのである。

ある日曜日、明夫は佐知子と三歳の真理を伴って東京の高島屋にショッピングに出掛けたことがあった。Ｆ駅から電車に乗ったが、混雑していて座れなかった。横浜に着いた時に、目の前の座席が空席になった。佐知子は周りを見回してから、「ごめんあそばせ」と言ってから、「さあ、お父さま、座れますわよ。真理ちゃんと一緒にお座り下さいね」

と言った。すると、隣に立っていた四、五人の若者たちの一人が、「お父さまだってよ」と言った。一同は声を出し笑った。明夫は真理を膝に乗せて座ったが、何となく居心地が悪い感じがしたことを思い出した。

喪中のハガキを出した人からさらに次のようなお悔やみの手紙が届いた。明夫はその手紙を読み、在りし日の佐知子の面影をしのぶ機会を得たのである。

「佐知子さんが私の愚息を『守ちゃん』と言って、明るい笑顔で話し掛けて下さったことを思い出します。また、何度も守の歌を聴きに来て下さりありがとうございました。」

差出人は音楽の教師をしている沢野智子先生で、彼女の息子はカンツォーネの歌手として活躍中である。

十六

毎月一回、真理と和美と美春の三人の娘たちは佐知子の墓参りに出掛けることにしていた。近くに住んでいる美春は、朝な夕な実家の仏壇の前に座って、線香をあげることにしているが、真理と和美は東京の家からF市の郊外にある佐知子の墓地に直行することが多い。明夫は美春の運転する車に乗り、最寄りの駅で真理と和美をピックアップして、一緒に墓地を訪れることにしている。

十一月二十一日、明夫は三人の娘たちと一緒に墓地を訪れた。墓碑の前にはすでに赤・白・黄色の花が太陽に照らされて美しく輝いていた。佐知子がにこやかに笑みを浮かべて一行を出迎えているようだった。三人の娘たちは多少しおれている古い花を新鮮な花に取り替えてから、線香をあげてお経を唱えた。

明夫は信心深い娘たちを見て感激で胸がいっぱいになった。
墓地から家に帰る途中、明夫は日本そばの店に立ち寄り、娘たちと昼食を共にすることを楽しみにしていた。美春はみそ煮込みうどんを好んで食べた。明夫と和美は桜エビと野菜のかき揚げとざるそばのセットを注文した。亡き佐知子は日本そばが大好きだったので、一同はいつも昼食の前に供養の祈りをささげることにした。

十二月二十日、冬休みの初日の正午、雄太は漢字検定四級と英語検定四級の問題集、さらに中学一年生の英語の教科書を持って明夫の家を訪れた。雄太は明夫から特訓を受けることになっていたのである。その前に二人は昼の食事を共にすることにした。明夫はいつも宅配サービスを利用して、ハンバーガーや寿司やピザやパスタを届けてもらうことにしていた。明夫は一緒に食事をしながら、お互いに親密の度を深めてから、勉強しようと心掛けたのだ。ところが、雄太は勉強の休み時間になると、必ずバッグからスマホを取り出してゲームを始めるのだ。それでは休息を取る意味がなくなってしまう。そこで思案の末、勉強がすんでからスマホを手渡すことにしたのだ。初めのうちは、雄太は不満そうな表情を浮かべていたが、幸いなことに素直にルールを守るようになった。その後、雄太は顕著に特訓の効果を上げることができるようになったのだ。

明夫は雄太と一緒に勉強してつくづく考えたことがある。現代は高度な情報化時代であるが、特に中高生たちがゲームに熱中すると、肝心の勉強がおろそかになり、彼らはゲーム依存症に陥り、身も心も破滅してしまうのではないだろうか。彼らは正月になっても、凧あげや羽子板遊びなどはせず、もっぱら室内でゲーム地獄に嵌まり込み、悶え苦しむことになる。ああ！　若い身空で何たることか！　何らかの歯止めが必要ではないか！

明夫の助言を受け入れて、雄太は時間を決めてゲームを行うようになり、余暇を利用して卓球の練習を重ねて、心身を鍛えるよう心掛けた。その結果、雄太は以前より明朗活発な少年になったのである。

今年も押し詰まってきた。一人暮らしの明夫は、特別に暮れの大掃除をするつもりはなかった。真理とひとみ、それに和美と昭平の四人が年末に実家を訪れることになっていたので、部屋の中が汚れていれば娘たちが掃除してくれるだろうと思ったのだ。

大みそかの十二時三十分、一行は昼食を持参して、

「お邪魔します。よろしくお願いします」

と言って玄関に現れ、一斉に頭を下げた。

「待っていたよ。さあ、どうぞ」

と明夫は言って、一同を居間に案内した。

「まず、線香をあげましょう」

真理がそう言って、一同は隣の部屋の仏壇の前に座り、真理を先頭にして順番に線香をあげた。

「お母さんの好きなファストフードを持ってきました。お父さんと一緒に銀行に行った帰り道に立ち寄る店で買ったのよ。おいしいですよ」

真理はハンバーガーとフレンチフライポテトを仏壇に供えた。

その後、一同は居間のテーブルに輪になって座り、昼食を取ることになった。

明夫の隣に昭平が座り、コカコーラを飲み、ハンバーガーを頬張っていた。

「昭平君は大学の文芸学科の一年生だろう。将来、プロの作家になるつもりか」

明夫は尋ねた。

「そのつもりです」

昭平は臆することなく答えた。

「プロの作家になるのは厳しいよ。私の友人に作家がいてね。この間、彼に会った時に、体調を崩し、小説を書く気力がなくなり、金はないし、いよいよ野垂れ死にかな、と頼りないことを言っていたぞ。将来のことをよく考えて、教員の免許を取っておいたほうがいいよ」

「おじいちゃん、心配はいらないよ。ぼくに腹案があるんだ。情報機器を駆使して、独創的な作品を仕上げることができるよ」

昭平は自信に満ちた態度で言った。

「そうか、それならいいんだ。期待しているよ」

明夫は若者の気力に圧倒された。

小学五年生のひとみが向かい合って座っていた。

「ひとみちゃんは運動会でチアガールとして活躍しているんだってね」

明夫はひとみに話し掛けた。

「そうよ。私は紅組の応援団の副団長をやっているのよ」

ひとみはにっこり笑った。

「次の運動会にはチアガールのダンスを見たいものだね」

「おじいちゃん、私たちのダンスを見に来てね」

「ああ、そうしよう」

その時に、

「ひとみちゃん、昼食後にここでチアガールのダンスを披露しなさいよ」

と真理は口を挟んだ。

結局、食休みの後でひとみはダンスを披露することになった。


いよいよひとみが軽装してテーブルの前に現れた。真理がテーブルの上にCDをセットして、音楽を流し始めた。ひとみは軽快なリズムに合わせ、楽しそうな表情を浮かべて、手足や体を動かし、ダンスを踊り続けた。ダンスが最高潮に達した時に、ひとみは一同から拍手喝采を浴びた。

夕方には、藤野屋で年越そばを食べ、帰宅後、居間で卓球の練習試合を行い、その後、テレビで恒例の紅白歌合戦を観ることになったのである。

紅白歌合戦は華々しく幕を開けた。盛装した男女の司会者たちは、手際よくきびきびした身振りで出場歌手たちを紹介していた。明夫は新聞を手に取り、出場歌手の一覧表に目を通した。男女とも知っている歌手は数人で、後は名前すら聞いたことがない歌手ばかりだ。最近、明夫はテレビで歌の番組を観たことがないので、流行歌手たちの情報に疎くなっていたのだった。

その時、明夫は民放のテレビ番組を見て、「これがいい」と思った。男女とも懐かしい演歌歌手たちが勢揃いしているではないか。恒例の紅白歌合戦に向こうを張って、中高年層の視聴者たちを惹き付けようとしたのだろう。明夫は以前レコード大賞の栄誉に浴した歌手の名前を読み上げながら、この番組を観ようかな、と独り言をつぶやいた。昭平はチャンネルを変えられるのを心配して、

「おじいちゃん、ぼくの大好きな歌手がこれから登場するので、この番組を続けてもいいでしょう」

と言った。

明夫は可愛い孫が目を輝かせて、テレビの番組に熱中している姿を見て、

「いいよ、自分の好きな番組を観なさい。大みそかだから、ゆっくりくつろいで楽しみなさい」

と言った。隣に座っているひとみは、

「ああ、よかった」

と言って、明夫に目を向けて微笑んだ。

十七

令和二年の元旦を迎えた。明夫は朝八時に起床し、洗面を済ませてから、居間に入った。喪中なのでお節料理ではなく、ごく普通の朝食がテーブルの上に用意されていた。明夫は台所の方に向かって、

「おはよう。本年もよろしくね」

と言った。

「おはようございます。こちらこそよろしくお願いします」

真理と和美は口を揃えてそう言って、頭を下げた。

「お父さん、朝食後、午前十一時にこの家を出発しますから、よろしくね」

和美が言った。

「どこへ行くの？」

「あら、美春さんから聞いていないんですか。今日は何の日ですか？」

「一月一日です」

「だから、今日は記念日でしょう」

「そうだ。一月一日は佐知子の誕生日だ。そうだ、美春が佐知子のお墓参りをしようと言っていたよ。朝食後、身なりを整えて、お墓参りに行くことにしよう」

「正解です」

真理が口を挟んだ。

「三姉妹が揃ってお墓参りをすれば、佐知子もきっと喜ぶでしょう」

真理と和美はやっと安心した表情を浮かべた。

明夫は三人の娘たちと孫の昭平と雄太、ひとみを連れて玄関の外に出た。一行は和美が運転するワゴン車に乗って、午前十一時に市営墓園に到着した。空は晴れていたが、墓園には冷たい風が吹いていた。

一行は墓園管理事務所の前に車を停めて、墓碑の前へ移動した。

驚いたことには、すでに多くの墓参りの人たちが墓園を訪れていた。おそらく正月休みに帰省した人たちが、家族連れで墓参りしているのだろうと明夫は思った。

三人の娘たちが赤、白、黄色の生花を墓前に供えてから、一行は順次線香をあげた。

「常日ごろ元気だった佐知子が、自分より先に逝くとは思わなかったなあ。だが、運命に逆らうことはできない。安らかに成仏してくれ。今日は誕生記念日だ。喜んで三人の娘たちや孫たちを迎えてくれ」

明夫は心の中でつぶやいた。

一行は墓参りの帰途、郊外のショッピングモールで昼食を取ることにした。

そこには、中華と洋食、回転寿司の店が並んでいた。孫たちの意見を聞いて、回転寿司の店に入ることにした。一行は二組に分かれて座った。

明夫の席には昭平と雄太が向かい合って座り、明夫は昭平の隣に座った。

「さあ、何でもいいから、好きなお寿司を頼みなさい。サーモン、イカ、マグロ、エビ、いなり、鮭イクラ、のり巻き、その他、日ごろなかなか食べられないウニや中トロ、大トロもあるよ」

明夫は言った。

「ほんとうに何を食べてもいいの？」

昭平は目を輝かせて喜んだ。

「本マグロの中トロを食べたい」

雄太は言った。

「いいよ。自分の好きなものを注文しなさい」

明夫は目を細めて言った。

「おじいちゃんの食べたいものは何？　注文してあげる」

昭平はそう言ってから、明夫の好みの鉄火巻きを注文した。

三人は和気あいあいのうちに自分たちの好物を食べ始めた。

しばらくしてから、隣の席のひとみが、

「何だかそちらは楽しそうだわ。私もそっちへ行ってもいい？」

と尋ねた。

「こちらへ来なさいよ。雄太の隣の席が空いているよ」

明夫は手招きしてひとみを呼び寄せ、三人の孫たちと一緒に楽しい昼食のひとときを過ごしたのだった。


一行は頃合いを見てワゴン車に乗り込んで、実家に向かった。

車中で雄太が美春に向かって、

「お母さん、今までにあんなおいしい寿司を食べたことはなかったよ」

と言った。

「どの寿司を食べたの？」

「あのね、おじいちゃんに頼んで、本マグロの中トロを食べたんだよ」

「あら、今日の機会を逃さずに、高級なお寿司をねだったんだね。そうよ。あの店の中トロはとろけるような、極上の味がするわ。この子はちゃっかりしているわね」

一同はどっと笑った。

「それで、昭平君は何を食べたの？」

「ウニの寿司を食べたよ」

「あら、それも高級よ」

「私も中トロよ」

ひとみが口を挟んだ。

「おいしかったでしょう」

「うん、また食べに行きたい」

ひとみは正直に言った。

「そうか、そうか。春休みにまた同じ店に行こうよ」

明夫は笑いながら言った。

間もなく一行は実家に到着した。

十八

一人暮らしの明夫にとって、朝昼晩の食事、掃除、洗濯、ごみ出しなどの家事はなかなか大変である。最近慣れてはきたが、明夫は掃除や洗濯などは近くに住んでいる美春や定期的に宿泊する真理や和美に頼ってしまうのだ。和美は筆まめな娘で、実家に宿泊した時には明夫と佐知子宛のハガキを仏壇に供えて帰るのだ。主たる目的は自分たちの家族の近況を亡き佐知子の霊前に報告することである。

明夫はあえてそのハガキを読むことはなかった。しかし、最近、何気なく仏壇に供えたハガキを手にとって読んでみた。

一、昨年の十月二十二日のハガキ

息子の昭平は、毎日、大学で充実した生活を送っております。昨日は、自宅から自転車でキャンパスまで行きました。私は二十日に情報処理の試験を受けました。お母さん、合格するよう見守っていて下さいね。

二、十一月十八日のハガキ

今日は和美と美春の誕生日です。これまで丈夫で暮らすことができました。お母さんありがとうございました。十一月二日から四日まで、昭平は大学祭で抹茶善哉《ぜんざい》を作っていました。昭平が学んでいる文芸学科では作品集を出版しており、昭平もそこに投稿し、とても有意義な大学生活を送っています。

三、十二月三十一日のハガキ

三十日には箱根の強羅に一泊し、温泉宿で湯につかり、日ごろの疲れを癒やしました。今日は実家に一泊し、恒例の紅白歌合戦を観るのを楽しみにしています。

四、一月十八日のハガキ

本日、私は実家に一泊しますから、よろしくお願いします。

昭平は、先日、自動車学校で、高速道路で運転する実習があり、胸をどきどきさせながら運転したそうです。昭平は間もなく運転免許を取ることができると思います。でも、お母さんを乗せられなくて残念です。

明夫は和美の四枚のハガキを読んで、和美の生活の一端を垣間見ることができた。

十九

一月下旬の日曜日の十二時半、明夫は近所に住む友人、佐野洋次の提案を容《い》れて、駅前の中華料理店を訪れた。二人は窓際のテーブルに座り、Ａコースを注文し、贅沢な料理を味わいながら、遠い昔、オレゴン大学に留学した頃の思い出を語り合った。それから、自然と現実に戻り、終活の話を始めた。

「ところで、わが家には捨てようとしても捨てることのできない物が沢山あるんですよ。ゴルフの道具、電化製品、書籍、衣類、アルバム、カメラ等々。あなたの家ではどうしていますか」

佐野は困惑の表情を浮かべて言った。

「私は家内を亡くしたので、娘と相談して雑多な不用品はかなり捨てました。

しかし、家内に関する思い出深いものはなかなか捨てられませんね。私はどうしても保存しておきたい書籍は一つの本箱に移しておき、それを孫の代まで大事に保存しておくようにと、娘に言ってあります。それ以外の書籍は全部、古書店に引き受けてもらうことにしてあります。その店の電話番号と住所を大きな紙に書いて、壁に貼り付けてあります。その他の物はこれから考えます」

明夫は現況を話した。

「それはいい考えだね。私もこれから家内と娘に相談することにしよう」

佐野は率直に述べた。

二人は人生の終着点に向かう準備について親しく語り合ったのだった。お互いに胸のうちをさらけ出してさばさばした気分になった。


年を取ると体全体が弱ってくる。明夫は月一回内科と整形外科に通院し、治療を受けている。狭心症と腰痛の持病があるのだ。

数日前、のどの痛みを感じたので、駅前の耳鼻咽喉科で治療を受けた。その時、待合室で順番を待ちながら、時代が変わったなあとつくづく感じたのだった。男女数人の診察が終わり、自分の番が回ってきたのかなあと思った時に、背広姿のサラリーマン風の中年の男が入ってきて、すぐに診察を受け、その次に、マスクをかけた二十代の女が現れ、明夫より先に名前を呼ばれたのである。いよいよ次に自分の名前が呼ばれるかと思った矢先に、ばたばたと息せき切って駆け付けた青年の名前が呼ばれたのである。明夫はそれから二十分経ってやっと診察の機会に恵まれたというわけだ。明夫は帰り際に受付の女性に、

「どうして私はこんなに遅くまで待たされたんですか」

と尋ねた。

「あら、ごめんなさい。しばらく診察にいらっしゃいませんでしたね。数カ月前からネットからの受付方法を取り入れているのです。待合室の壁にオンラインの受付時間を知らせる紙を貼っておきましたので、御覧下さい」

「そうですか。ついうっかりしていて気が付きませんでした」

「ここにネットからの受付方法について書かれた印刷物がありますので、どうぞお持ち下さい」

「ありがとう」

と言って、明夫はその印刷物を手に取って一読した。そこには検索の方法とオンラインの受付時間が書かれてあった。

「お分かりになりましたか」

彼女は念を押すように言った。

「はい、①から⑨まで検索を続ければいいんですね」

「分かりましたね」

「はい。でも、私は老人ですから、電話で予約したいと思っています。そのほうが簡単ですから」

「それはできません」

「どうしてですか。あなたの目の前にある電話は何のために使うんですか」

明夫は机の上の電話を指差した。

「この電話はその……」

「分かりました。次は朝早く受付時間の直前にこの待合室にまいります」

と言って、明夫は帰ろうとした。その時に、明夫の隣に座っていた濃紺の背広姿の人品のよい老人が、近づいてきて、

「私もあなたと同じ意見です。電話で予約したいですね」

と言って、不満そうな眼差しを受付の女性に向けて、部屋を出て行った。

明夫は家に帰ってから、居間のソファーに身を沈めてつらつら考え、

「来月には九十歳になる。今、終活中だ。娘たちに迷惑を掛けたくないので、半月前にパソコンを処分した。思い切って、携帯電話も処分しようと思ったが、これだけは死ぬまで手放さない方がいいかもしれない。何と言っても、今はデジタルの時代だ。これがなければ、もしわが身に一大事が起こった時に、娘や

孫に連絡することもできなくなる。これがあれば病院の待合室で待たされることもなくなる。なつかしいアナログの時代は終わり、老人もデジタルの時代を生きていかなければならないのだ」

とぶつぶつつぶやきながらソファーから立ち上がり、ごみ出しの作業を始めるのだった。

二〇

一月の末、美春は買い物袋を下げて、明夫の居間に入ってきて言った。

「はい、頼まれた物を買ってきました。ヨーグルト、納豆、ホウレン草、トマト、キュウリ、ニンジン、ミカン、リンゴ、それにバナナですね」

「ありがとう。助かるよ。手に下げると重いからね」

明夫は頭を下げた。

「いよいよ来月の六日は九十歳の誕生日ですね。どこか温泉に行きましょう。箱根はどうですか」

「はい、ありがたい話だが、遠出する自信がないよ」

「それではこうしましょう。町の外れに温泉があります。そこへ行って、帰る途中、どこかレストランに立ち寄って、おいしいランチを食べましょう」

「ありがとう。その里山の湯だね。昨年の春に行ったことがある。近いので安心だ。お願いするよ」

話がまとまって、明夫は美春と孫の雄太と一緒にその湯に行くことにした。

二月六日、一行は分譲住宅地の外れにある目的地に到着した。美春は女湯、明夫と雄太は男湯のほうに入っていった。

明夫はまず雄太と一緒に、マッサージ効果のある浴槽に入り込んだ。

「おじいちゃん、ここはあわ風呂だね」

と言って喜びの色を見せた。

「そうだ。ジャグジーだよ。適当に刺激があって気持ちがいいだろう」

「うん、少し足の裏がくすぐったい」

雄太はげらげら笑いだした。

しばらくたってから、二人は窓の外に出て、茶褐色の薬湯に入った。

「おじいちゃん、薬の匂いがするね。顔や体が火照ってきて、少し熱く感じるよ」

「そうだろう。薬湯だから、老人は元気になるよ」

「そうなの。おじいちゃんが元気になるならうれしいよ」

「さて、次に岩風呂に入ろう」

「うん、そうしようね」

二人は次に隣の岩風呂に入り、体を仰向けにして、青空を眺めた。周囲には南国風の樹木が空高く聳えていた。数人の老人たちが手足を伸ばしゆったりと肩まで湯につかっていた。

二人は体を洗って帰る準備を始めた。

「おじいちゃん、背中を洗ってあげるよ」

そう言って、雄太は明夫の背中を丁寧に洗い、暖かい湯をかけてくれた。明夫は幸せを感じた。

二人は湯から出て、待合室に入り、美春と合流した。三人ともオレンジジュースを購入し、のどを潤し、しばらく休息した。

一行は大通り沿いの洋食の店に入り、奥のほうの席に座った。明夫は美春と雄太と向い合わせに座った。

「今日は雄太のおじいちゃんの九十歳の誕生日です。今後ともますます健康でありますようお祈りします」

と美春は言って、丁寧に頭を下げた。

「ありがとう。今後ともよろしくお願いします」

と明夫は言った。

「どうぞ、お好みの料理をお選び下さい」

と美春は言って、明夫にメニューを手渡した。

「サーロインステーキをお願いします。それにサラダバーもね」

「分かりました。よかったわね。雄太の大好きなサーロインステーキよ」

「ありがとう。おじいちゃん」

雄太は喜びの声を上げた。

「雄太君、育ち盛りだ。もりもり食べて大きくなれよ。そして、人一倍勉強するんだ」

「はい、分かりました。おじいちゃん、これからも元気で、ぼくに英語を教えて下さいね」

「うん、分かったよ。次の日曜日、CDを使って、英語の聞き取りの練習をしようね。それからね、恥ずかしがらずにレッスンを始める前に、英語で挨拶することにしようね」

「はい、そうするよ」

雄太はよく通る声で言った。

明夫は美春に向かって、

「つくづく思うんだがね、今日、佐知子がここに同席していなくて、とても残念だよ。私より先に亡くなるとは思っていなかったからね」

明夫は寂しい胸のうちを明かした。

「お気持ちはよく分かるわ。だからね、百歳を目指して頑張って下さいね。そうすることが、亡きお母さんの供養になるのですよ」

美春は率直に言った。

「これから、いろいろと面倒をかけるが、よろしくね」

「はい、よく分かりました」

美春は口元に笑みを浮かべて言った。

「ところで、ここのサーロインステーキは肉質が柔らかくておいしいよ」

と明夫が言うと、美春が、

「そうね。肉が程よく柔らかいので、食欲をそそるわ」

と言って、頃合いを見計らって、サラダバーのほうへ行った。

一行は久しぶりに洋食の味を満喫し、美春の新車に乗って帰路に就いた。

二一

明夫はいよいよ九十歳の老人たちの仲間入りをすることになった。老人になっても、世の中の約束事をきちんと守っていかなければならない。現役時代には、明夫は確定申告をするために、必要書類を整えて自分で税務署に行ったのだった。しかし、何か手続きの不備があるといけないので、数年前から駅前の原田税理士事務所に依頼することにした。明夫は令和元年分の確定申告を依頼するために、午前十一時から十一時半の間に原田税理士事務所を訪ねる約束をした。なぜ、きっかり午前十一時に訪ねると約束しなかったのか。先方に失礼ではないかと明夫は思ったのだが、この日、午前中にどうしても駅前の中原医院皮膚科を訪ねたいと思っていたのだ。

明夫は午前九時半に中原医院に到着し、医療被保険者証を提出し、診察の順番を待った。時計とにらめっこをしているうちに、やっと明夫の順番が回ってきて、名前が呼ばれた。担当医から日ごろ心配していた脚部の皮膚炎の治療を受けてから、明夫は受付で塗布剤を求め、やっと待合室を出て、腕時計を見た。ちょうど午前十一時十分だった。

「これからならまだ間に合う」

とつぶやき、駅の南側に位置する原田税理士事務所に向かって足早に歩いて行った。目的地に十一時二十五分に到着した。約束した時間に間に合ったのだ。明夫は原田税理士事務所の玄関前でチャイムのボタンを押した。ベージュの衣服を着た若い女性の事務員が明夫を迎え入れて、応接室に案内してから、奥の席に戻った。しばらくしてから、再び彼女が現れ、テーブルの上にお茶を置き、

「粗茶ですが、どうぞ」

と言って柔らかな笑みを浮かべた。

間もなく紺の背広をまとった原田税理士が現れて、

「お待ちしておりました」

と言って、明夫と向かい合って座った。

「よろしくお願いします」

と明夫は言ってから、令和一年分の確定申告書を作成するために必要な書類を一式揃えてテーブルの上に差し出した。

原田税理士はすべての書類を手際よく確認してから、

「大丈夫です。書類は全部そろっています。この書類を用いて確定申告書を作成いたしますが、約一時間かかります。どうですか、ちょうど昼食の時間です。どこかレストランに行かれますか。または弁当を購入して、この応接室で食べても結構です。どうなさいますか」

と尋ねた。

「ファストフードの店に行って昼食を取ります」

「そうですか。では一時間後にこの応接室でお会いしましょう」

「はい、分かりました」

「重い荷物があったら、どうぞこの部屋に置いて下さい」

「はい、ありがとうございます」

明夫はそう言って、行きつけのファストフードの店に向かった。


明夫はファストフードの店に入り、ハンバーガー、フレンチフライポテト、野菜サラダ、さらにペプシコーラを注文した。若い女性の店員が明夫の顔を見詰めて、

「二階までお持ちしましょうか」

と尋ねた。

明夫は遠慮せずに、

「お願いします」

と言った。

明夫は勾配の急な階段を上ってやっと二階の部屋に入り、奥のほうの席に腰を下ろした。若い女性の店員は注文の品を載せたお盆をテーブルの上に置き、

「どうぞごゆっくりお召し上がり下さい」

と言って、一階の受付に戻って行った。

明夫はオレゴンの山並みを思い浮かべながら、ハンバーグを頬張り、ペプシコーラを飲んだ。

明夫は約束の時間、午後一時きっかりに原田税理士事務所に到着し、応接間で最終打ち合わせをすることになった。

原田税理士は、

「どうぞ完成した書類に目を通して下さい」

と言って、「令和一年分所得税、確定申告書」と印刷されてある書類を差し

出した。明夫はその書類を黙読した。

「ありがとうございました。ところで、医療控除の明細の中で、私が提出した医療費の金額の計算に間違いはなかったでしょうか」

「正確でした」

「安心しました。毎年、私はへまをしでかしていましたからね。今年は娘に頼んで計算してもらったので、安心してはいましたが」

「大丈夫です」

「税務署への申告は先生にお願いします」

「はい、分かりました。手抜かりなく申告いたします」

「安心しました。よろしくお願いします」

明夫はそう言って、ゆっくりと熱いお茶をすすってから、

「老人なので、お世話になるばかりで、世のため人のためになる活躍はもうできないでしょうが、『枯れ木も山の賑わい』と言いますから、もうしばらく

皆さんの仲間に入れてもらいたいと思っています」

「高村さん、そんなことは言わないで下さいよ。本の印税をもらっているではないですか。これから次の本を出して下さいよ。それと、先ほど中学生に英語を教えていると言っていましたね。まだまだ、現役ですよ。頑張って下さい」

「つい口をすべらせてしまいましたが、孫が可愛いから、英語を教えているんですよ」

「世のため人のためになっているではありませんか」

「そうですか。昔取った杵柄《きねづか》でね、気晴らしに英語を教えているんですよ」

「それでいいんですよ」

「では、そろそろ私は失礼して帰ります。一年後、この時期に、確定申告の書類を持って、先生の事務所を訪れたいのですが、果たして来られるかどうか、神のみぞ知る、ですね」

「大丈夫ですよ。また、来年お会いしましょう」

原田先生と若い女性の事務員が、明夫が道路の角を曲がるまで、手を振って見送ってくれたのである。

最近明夫は、多忙の人たちが情報機器を用いて確定申告をしていることを知った。

明夫はデジタルの時代の到来だと思った。アナログの時代に育って生きてきた明夫にとっては、まさに隔世の感がある。しかし、この年になっても、日ごろ最新の情報機器を駆使していれば、喜び勇んでネットで確定申告をしたであろうと思った。そして、ふと、パソコンを早く処分してしまったなあ、という慚愧《ざんき》の念に襲われたのだった。しかし、その後、明夫はしばらく沈思黙考し、終活のためにパソコンを処分したのであり、老人に相応する決断だったのだ、と再認識したのだった。明夫は年を取り、体力や思考力や判断力の衰えを感じるようになったのだ。それ故、多少無理しても自分のできることは実行するとしても、専門的知識を必要とする税金の申告については、原田税理士に依頼したほうがよいと思ったのだ。

明夫はそう自分に言い聞かせて、深呼吸してから、

「さて」

とつぶやき、重い腰を上げて、食事を用意するために必要な食材を購入するためにスーパーに出掛けて行った。

二三

翌日、午前九時、美春が居間に入ってきて、

「今日は休みの日です。ちょうどよい機会ですから、お父さんと亡き母の一周忌の法要の段取りについて相談したいと思っていたところです」

「そうだね。私も一周忌の準備を進めたいと思っていたところだよ。仏教では人の死後満一年目の命日に一周忌の法要を営むことになっている。したがって、法要は命日に行うのが望ましい。しかし、現在では出席する人たちの都合を考えて決めているようだね。一般に仕事の関係で命日の前の土・日曜日を選ぶようだ。それから、読経を依頼しなければならないので、なるべく早めに住職に相談して日時を決めておいたほうがいいだろう。住職には電話で相談でき

るが、出席予定者には法要の日時と場所を明記して、案内状を発送しなければならないね。さらに大事なことがある。斎場とお礼の膳の手配、それに引き出物の準備などだ。僧侶への謝礼、つまりお布施と御膳料と御車代も用意しておこう。その他、何か気が付いたことがあったら言ってくれ」

「私も同じようなことを考えていたわ。法要の順序ですが、読経が終わって、墓参りをし、その後でお礼の膳を用意する、ということでいいですね」

「その通りだ」

「参列者の人数ですが、ごく内輪《うちわ》の集まりにして、四十九日の法要の時に案内した人たちでいいですね」

「そのことを忘れていた。私もそう思うよ」

「では、その人たちに案内状を出せばいいですね」

「そうだ。そうしてくれ」

「肝心なことを忘れているわよ」

「うーむ。思い出せないよ」

「あのね、四十九日の法要の時に打ち合わせたことを思い出せば分かるわ」

「年を取り、忘れてしまったよ。教えてくれ」

「特別祭壇を設置することですよ。それにお花も準備する必要があるわ」

「思い出した。では、これから住職と斎場の責任者に電話して、一周忌の法要の段取りを進めていくことにするね。必要に応じて相談したいと思います」

「分かった。よろしく頼むよ」

美春は住職と斎場の責任者に相談して、一周忌の法要の要望をてきぱきと次の通り決定した。
一、日時—五月十七日（日曜）、十二時より。二、場所—市営斎場の小ホール。三、特別祭壇セットの設置。四、花束一対、左右の花瓶に生ける。五、住職へのお布施、御車代、御膳料。六、料理と引き出物については、見本のパンフレットが送付されてから、それを見て決定する、以上。

数日後の土曜日、午前十一時、美春が実家を訪れた。明夫は居間で、市営斎場から届いたゆうメールを美春に手渡した。そこには期間限定の法要料理の写真と献立表が入っていた。

「法要料理は三種類ですね。私は『さつき』がいいと思うわ。これに決めましょう」

美春は即座に言った。

「私はどれにしようかと迷っていたところだ。『さつき』を選んだ根拠は？」

明夫は尋ねた。

「献立の中ににぎり寿司が含まれているからです」

「なぜにぎり寿司なの？」

「実はね、雄太やひとみや昭平はにぎり寿司が大好きなのよ。四十九日の法要の時に、にぎり寿司が含まれている料理を喜んで食べていたわ」

明夫は目を凝らして料理の献立に目を通して、

「そうか。孫たちが喜ぶなら『さつき』にしよう」

と言って、三人の孫たちの顔を思い浮かべた。

「お父さん、ありがとう」

「うん、値段は高いが、内容が充実しているね。さて、こんな話をしているうちに、何だかお腹がすいてきたね。今日の昼食はお寿司にしよう。出前で届けてもらおうよ」

明夫は急に言い出した。

「大賛成！」

美春は上機嫌だった。

明夫は受話器を取って「浜見屋」に電話をかけようとした。その時、美春が、

「雄太もここに呼ぶから三人分を注文してね」

と言った。

「了解」

明夫はそう言って、サイドメニューとして茶わん蒸しも注文することにした。

明夫は昼食後、新聞を読み、文部科学相が新型コロナウイルスの感染の拡大を防止するために、三月十五日頃までスポーツや文化行事の自粛を要請しており、さらに首相の要請を受けて、全国の小中高では三月二日以後、臨時休校になることを知った。

明夫は、

「さあ。大変なことになったなあ」

と言って、溜め息をついた。

「予定通り、亡き母の一周忌の法要を行うことができるでしょうか」

美春は心配そうな表情を浮かべた。

「五月の一周忌の法要までには、コロナウイルスの感染拡大も何とか終息するだろう」

「そうあってほしいですね。ねえ、お父さん、亡き母にお願いしましょうよ」

美春と雄太は仏壇の前へ移動した。

明夫と娘と孫はリンを鳴らし、一周忌の法要を行うことができるようにと、亡き佐知子の御霊に祈りをささげたのだった。


明夫は立ち上がった時に、一瞬、強い眩暈に襲われて、足元がふらついた。

「お父さん、何か心配事でもあるの？」

と美春が尋ねた。

「うん、今流行している新型コロナウイルスの適切な治療法を、これから医療の専門家たちが確立すると思うが、佐知子の一周忌の法要を予定通り行うことができるかどうか心配しているのだよ。四月中旬にまた改めて相談しよう」

明夫は率直に話した。

「はい、そうしましょう」
と言って、美春は雄太を連れて帰って行った。

了

あとがき

本書は、現代の高齢化社会における老夫婦の生き方をテーマにした作品である。

主人公の高村明夫は、不幸にして妻佐知子に先立たれる。彼女が重病で入院中、彼は三人の娘たちと交代で付き添いの役目を果たす。その時に、彼は現代の終末医療の実態に触れることになる。病院からの連絡がわずかに遅れて、彼は妻の死に目に会えなかったことを非常に悔やんでいた。しかし、彼は最近の終末医療は患者やその家族に親密に寄り添ったものであることを身近に感じ取ることができた。作者はその実情を細密に描いたつもりである。

また、作者は、九十の坂を越した一人暮らしの明夫が、亡き妻への追憶にふけり、涙にむせぶ時があっても、折を見て娘や孫たちと交流し、老躯にむち打って、前向きに生きていこうとする姿を描出するよう心掛けた。

なお、この作品は既刊の『老いの日々』（図書新聞刊）の続編であることを付記しておきたい。

最後に、本書の出版を快諾して下さった図書新聞の井出彰氏に心より感謝申し上げる。

秋山正幸（あきやま・まさゆき）

1946年、（旧制）栃木県立石橋中学校卒業、1952年、日本大学文学部英文学科卒業、1964～1965年、ミシガン州立大学およびオレゴン大学大学院に留学。日本大学名誉教授、日本大学陸上競技部元部長、日本ペンクラブ名誉会員、鎌倉ペンクラブ会員
主な著訳書に『ヘンリー・ジェイムズ作品研究』、『ヘンリー・ジェイムズの国際小説研究』、『ヘンリー・ジェイムズの世界』、『比較文学―日本と西洋』（オールドリッジ著編訳）、『日本と西洋の小説』（オールドリッジ著編訳）、『比較文学の世界』（共編著）、小説『矢よ優しく飛べ』（いずれも南雲堂）、『旅人の和―帰れ、大谷へ』（アイシーメディックス）、『箱根駅伝物語―ラストスパートをかけよ！』、『遠い青春、遠い愛』、『彼らが若かった頃―姉と弟の物語』、『老いの日々』（いずれも図書新聞）

追憶の日々
妻の死と娘と孫たちとの物語

2020年7月20日　　初版第1刷発行

著　者　　秋山正幸
装　幀　　宗利淳一
発行者　　井出　彰
発行所　　株式会社 図書新聞
〒101-0051　東京都千代田区神田神保町2-20
TEL 03(3234)3471　FAX 03(6673)4169
印刷・製本　吉原印刷株式会社

ISBN978-4-88611-479-2 C0093

定価はカバーに表示してあります。
万一、落丁乱丁などございましたらお取り替えいたします。